Ljuba Arnautović

Erste Töchter

Roman

Paul Zsolnay Verlag

Die Arbeit an diesem Roman wurde mit einem
Projektstipendium des Bundes gefördert.

Mit freundlicher Untertützung
der Stadt Wien, Literatur und Wissenschaft

 Stadt
Wien | Kultur

1. Auflage 2024

ISBN 978-3-552-07508-5
© 2024 Paul Zsolnay Verlag Ges. m. b. H., Wien
Satz: Nele Steinborn, Wien
Autorinnenfoto: © Leonhard Hilzensauer/Zsolnay
Umschlag: Anzinger und Rasp, München
Motiv: Your Blissful Shadow No.3 © Owen Gent
Druck und Bindung: GGP Media GmbH, Pößneck
Printed in Germany

MIX
Papier | Fördert
gute Waldnutzung
FSC
www.fsc.org   FSC® C014496

Erste Töchter

Meinen Geschwistern
In liebevoller Erinnerung an Charlie

1

Er raucht filterlos.

Kein schöner Mann, auch wenn er kürzlich einem Fotografen Modell gestanden hat, der Herrenmode für ein Magazin ablichtet. »Sie sind ein Frank-Sinatra-Typ«, fand die Redakteurin, als sie ihn in der Straßenbahn ansprach.

Auf einem zweiten Stuhl stapeln sich die Tageszeitungen, und auf dem runden Tischchen liegt immer ein Buch. Er bestellt sich einen Mokka, und später noch einen.

Er ist nicht sehr groß. Die Kleidung sitzt tadellos an seinem schlanken, fast mageren Körper. Die Schuhe sind stets auf Hochglanz gebürstet. Immer trägt er Krawatte und eine Weste unter dem Sakko, und beim Verlassen des Lokals setzt er sich einen Hut mit elegantem Schwung auf den Kopf. Von der Nasenwurzel ausgehend haben sich tiefe Falten hinunter bis unter die Mundwinkel gegraben. Ein Gesicht mit einer Landschaft, findet Dörte. Es ist diese selbstbewusste Haltung, seine lässigen Bewegungen, die ihren Blick immer wieder anziehen. Die Art, wie er die Beine übereinanderschlägt, den Ellbogen aufstützt, die Zigarette hält, die Sauberkeit seiner Fingernägel überprüft. Das alles wirkt so souverän, so männlich. Er ist wesentlich älter als sie, sie schätzt ihn auf über vierzig.

Vor Tagen schon ist er ihr aufgefallen. Dörte besucht das Café unweit ihres Untermietzimmers im achten Bezirk fast jeden Spätnachmittag. Sie trinkt ein Kännchen Assam und versucht sich auf ihre Skripten zu konzentrieren. Ein Auslandssemester hat sie nach Wien geführt. Sie ist 23 Jahre alt und zum ersten Mal fern ihres behüteten Frankfurter Elternhauses. Sie genießt ihre Freiheit. Viel lieber hätte sie Archäologie studiert, aber das kommt nicht in Frage. Ihr Vater ist doppelter Doktor, Human- wie auch Veterinärmediziner, und er bekleidet das Amt des Direktors am Frankfurter Schlachthof. Für sein einziges Kind ist nur ein Medizinstudium vorstellbar. Wo käme man denn hin, würden alle ihr Hobby zum Beruf machen. Dörte, wie sie unter Gleichaltrigen gerufen wird – die streng protestantischen Eltern nennen sie hartnäckig bei ihrem Taufnamen Dorothée –, hat immerhin durchsetzen können, dass sie für ein paar Monate ins Ausland gehen und danach ihre Studien an der Universität von München, dieser angesagten Stadt, fortführen und abschließen wird – unter der Bedingung, dass sie bei der Schwester ihrer Mutter wohnen wird. Man erhofft sich eine Aufsicht der kostbaren Tochter durch Tante Gertrud. Dass diese recht unkonventionelle Ansichten hat, sich längst dem Schwabinger Lebensstil der 1960er Jahre angepasst hat, sich gar in Künstlerkreisen herumtreibt, ahnt die Frankfurter Verwandtschaft zu Dörtes Glück nicht.

Aber jetzt ist erst einmal Wien dran, der Sehnsuchtsort mit der großen Ägyptischen Sammlung. Dörtes Leidenschaft gehört dieser Hochkultur. Wann immer es sich zeitlich ausgeht, geht sie von ihrer Unterkunft in der Albertgasse die Josefstädter Straße hinunter zum Kunsthistorischen Museum. Dort, in diesen hohen, dunklen, stillen Räumen, hängt der Geruch, den sie so liebt. Mögen andere ihn muffig nennen, für Dörte atmet es sich hier leicht wie nirgendwo sonst. Die wurmstichigen Holzverkleidungen, Kästen und Vitrinen strahlen für sie Heimeligkeit aus. Sie tut sich mit dem Lernen leicht, und so passt in ihren Kopf nicht nur das Wissen um die menschliche Anatomie und

Pathologie, sondern auch die Texte und Bilder der dicken Folianten in der Nationalbibliothek, nur wenige Gehminuten vom Museum entfernt, auf der gegenüberliegenden Seite der Ringstraße.

Der Mann bemerkt ihren Blick, lächelt ganz leicht und nickt ihr grüßend zu. Beschämt senkt sie den Kopf. Was für ein umwerfend sympathisches Lächeln er hat.

Später tritt er mit den Zeitungen an ihren Tisch. »Möchten Sie eine davon, Fräulein? Entschuldigen Sie, ich nehm mir immer gleich den ganzen Stapel.«

»Nein, nein. Aber danke, sehr aufmerksam.«

»Dann also ... bis morgen, Fräulein?«

Sie lächelt verlegen, er deutet eine winzige Verbeugung an, hängt die Zeitungshalter zurück an ihre Haken, schlüpft in seinen weich fallenden Mantel und verlässt das Café.

Die beiden werden bald ein Liebespaar. Dörte wird seine dritte Ehefrau sein, für sie ist es die erste Beziehung. Bisher hat es in ihrem Leben nur die eine oder andere Schwärmerei für einen Studienkollegen gegeben. Dieser hier ist ein richtiger Mann. Ein Mann, wie ihn ihre Eltern ganz bestimmt nicht im Sinn haben, wenn sie an einen künftigen Schwiegersohn denken.

Karl ist ein Gezeichneter. Nicht nur Gesicht und Körper tragen die Narben eines schweren Schicksals, auch seine Seele ist verwüstet. Was ihn Jahre des Hungers, der Kälte und ständiger Todesgefahr hat überstehen lassen, ist ein unbändiger Lebenswille und ein Ehrgeiz, der bereits da gewesen sein muss, bevor er ihn in eine bestimmte Richtung zu lenken weiß. Das harte Leben hat ihn eine Lektion gelehrt: Nie wieder Opfer sein! Nie wieder der Unterlegene, der Ohnmächtige sein. Stärker sein als andere. Keine Rücksicht nehmen. Immer nach oben streben, dorthin, wo die Macht ist.

2

Als Neunjähriger wird Karl gemeinsam mit seinem drei Jahre älteren Bruder Slavko von den wegen ihrer politischen Einstellung verfolgten Eltern ins vermeintlich rettende Exil in die Sowjetunion geschickt. Im Frühjahr 1934 werden die Buben zusammen mit einer Gruppe von Kindern über die Grenze nach Tschechien geschleust. Später würden die österreichischen Behörden dies als »mutwilliges und illegales Verlassen des Staatsgebiets« bezeichnen und damit den Verlust der Staatsbürgerschaft begründen. 1934 ahnt noch niemand, dass der 12. Februar ein Schicksalstag für diese und andere Familien, wie auch für die gesamte, noch junge Republik sein würde.

Bereits im Jahr 1927 kündigt sich eine verschärfte Gangart des Regimes gegen linke Parteien an. Da fallen die Schüsse von Schattendorf. Ein Verband extremer Rechter – sie nennen sich »Frontkämpfer« – und die paramilitärische Organisation der Sozialdemokratischen Partei – der »Demokratische Schutzbund« – geraten am 30. Jänner in dem burgenländischen Dorf aneinander. Die Frontkämpfer schießen aus einem Gasthaus heraus auf einen vorbeimarschierenden Demonstrationszug von Schutzbündlern. Ihre Kugeln treffen einen Kriegsinvaliden und einen achtjährigen Buben tödlich.

Ein halbes Jahr später findet am Wiener Straflandesgericht der Prozess statt. Drei Frontkämpfer werden des vorsätzlichen kaltblütigen Mordes bezichtigt, diese verteidigen sich, indem sie die Vorkommnisse als Notwehr darstellen. Das Gericht entscheidet auf Freispruch. Das Unrechtsurteil, wie es genannt wird, löst einen Sturm der Empörung aus, eine aufgebrachte Menschenmenge zieht zum Justizpalast und setzt ihn in Brand. Viele Unbeteiligte eilen herbei, um das Spektakel zu sehen, die Wiener haben dafür einen Begriff: »Gemma schaun.« Da gibt der Wiener Polizeipräsident mit Erlaubnis des Bundeskanzlers Seipel den Befehl, in die Menge zu schießen. Die Bilanz ist blutig: fast hundert Tote und mehr als 1500 Verletzte.

Jetzt beginnen die Menschen zu ahnen, dass ihr enthusiastisch betriebener Aufbau des »Roten Wien« (das freilich erst in der Rückschau so heißen würde – in jenen Jahren spricht man vom »Neuen Wien«) in Gefahr geraten könnte. All die Errungenschaften wie Wohlfahrts- und Bildungseinrichtungen, soziale Absicherung, ordentlicher Wohnbau würde man ihnen wieder nehmen, wenn sie sich um deren Erhalt nicht selber kümmern, und das kann nur Kampf bedeuten.

Karls Eltern schließen sich dem »Republikanischen Schutzbund« an, der paramilitärischen Gruppierung der Sozialdemokratie, und sie nehmen bald aktive Rollen ein. Der Vater Karl sen., arbeitslos wie so viele, bringt es zum Vertrauensmann in seinem Bezirk. Die Mutter Eva arbeitet als Sekretärin in der Krankenkassengenossenschaft und kümmert sich in ihrer Freizeit um das Bildungsprogramm einer Volkshochschule. Sie plant selbst, die Matura in Abendkursen nachzuholen und sich ihren sehnlichen Wunsch, den sie seit frühester Jugend hegt, zu erfüllen: ein Studium an der Universität. Was ihr bisher aufgrund ihrer Herkunft und ihres Geschlechts verwehrt geblieben war – jetzt scheint es möglich.

Im März 1933 wird dem Parlament durch eine Intrige des Bundeskanzlers Engelbert Dollfuß seine Wirkmacht genommen. Im Mai 1933 wird die Kommunistische Partei verboten, und es scheint nur eine Frage der Zeit, bis es auch die Sozialdemokraten erwischt. Tatsächlich würde nicht einmal ein Jahr vergehen.

Am 21. Jänner 1934 wird die sozialdemokratische *Arbeiter-Zeitung* verboten.

Am 3. Februar lässt Emil Fey, der Sicherheitsminister und Führer der »Heimwehr«, einer selbsternannten Hilfspolizei, wieder einmal sozialdemokratische Versammlungslokale durchsuchen. Ziel ist es, die Bewegung zu entwaffnen. Diesmal werden zwei militärische Führer und mehrere Bezirkskommandanten des Schutzbundes festgenommen.

Eine Woche später, am 11. Februar, verkündet er auf einer Heimwehrversammlung in Langenzersdorf: »Wir haben jetzt Gewissheit: Kanzler Dr. Dollfuß ist der Unsrige. Wir werden morgen an die Arbeit gehen, und wir werden ganze Arbeit leisten. Für unser Vaterland! Heil Österreich!«

Am Rosenmontag, dem 12. Februar 1934, beginnt's in Linz mit der von Emil Fey angeordneten Durchsuchung des »Hotels Schiff«, dem Parteiheim der Sozialdemokraten. Der Schutzbund leistet bewaffneten Widerstand und macht Meldung nach Wien. Es beginnt ein verzweifeltes, blutiges, letztes Gefecht.

Die Kräfte sind derart ungleich verteilt, dass einige führende Schutzbündler sich weigern, Waffen auszugeben oder deren Verstecke zu verraten, im guten Willen, unnötiges Blutvergießen zu vermeiden. Etliche kampfeswillige Genossen fühlen sich verraten und wenden sich von ihrer Partei ab – die ohnehin sofort verboten wird. Die am meisten Gefährdeten flüchten vor dem ausgerufenen Standrecht nach Prag, Brünn oder in die steirischen Berge, andere schließen sich der illegal tätigen KP an, wieder andere sind vom Auftreten jener erstarkenden Partei fasziniert, die auch das Wort »sozialistisch« im Namen trägt. In Österreich noch verboten, feiert sie in Deutschland fulminante Wahlsiege.

»Austrofaschismus« nennen die einen die Jahre zwischen jenem blutigen Februar 1934 und dem »Anschluss« an Deutschland 1938. Die anderen verwenden bis heute den harmloser klingenden Begriff »Ständestaat«.

Die reaktionäre Übermacht und die Gefahr sind zu groß. Der Schutzbündler Karl flüchtet mit einer Gruppe von Genossen nach Prag. Eva verliert kurz darauf ihren Posten. Das in der Zwischenzeit getrennte, jetzt mittellose Elternpaar ist nicht mehr in der Lage, seine Kinder durchzubringen.

Da kommt ein Hilfsangebot. Etwa hundert Frauen aus Wien, Oberösterreich und der Steiermark nehmen es an. Es ist wie das verzweifelte Greifen nach einem Strohhalm.

Die kommunistische »Internationale Hilfsorganisation für die Kämpfenden der Revolution« agiert in Österreich als »Rote Hilfe« und bietet den einstigen politischen Konkurrenten an, ihre Kinder erst einmal herauszuholen aus den prekären Verhältnissen. Man würde sie für einen erholsamen Ferienaufenthalt auf die Krim bringen und über den Sommer mit allem Nötigen versorgen. Danach würde man weitersehen.

Mit schwerem Herzen, aber auch voller Zuversicht verabschieden sich die Eltern in Prag von ihren Buben Slavko und Karli, die zusammen mit 120 weiteren Kindern den geschmückten Sonderzug besteigen. Dass sie ihren Älteren nie wieder und den Jüngeren erst nach mehr als zwanzig Jahren wiedersehen würden, können sie an diesem Tag nicht ahnen.

Die Situation in Österreich entspannt sich nicht, im Gegenteil. Die allein in Wien zurückgebliebene Eva wird verhaftet, verhört, gefoltert und schließlich des Landes verwiesen. An Leib und Seele versehrt fährt sie zu ihrem Lebensgefährten nach Tschechien. Dieses Land ist der geborenen Wienerin fremd, sie kennt es nur von gelegentlichen Besuchen bei ihrer mährischen

Großmutter. Das Elternpaar hat jetzt nur den einen Wunsch, mit seinen Kindern wiedervereint zu sein. Es soll ihnen nicht gelingen.

Die Kinder werden von der Krim in ein rasch für diesen Zweck umgebautes Palais im Zentrum Moskaus gebracht, das Messingschild neben dem Portal verkündet auf Kyrillisch: »Kinderheim Nr. 6 für Schutzbundkinder«.

In der Sowjetunion tobt da bereits Stalins Terror, außerdem herrscht Mangelwirtschaft, aber die Kinder bekommen davon nichts mit. Sie leben von jeglichem Unbill abgeschottet in ihrem Palais, bestens betreut, bekocht und eingekleidet. Zum Unterricht fährt man sie mit einem eigenen Bus in die deutsche Karl-Liebknecht-Schule. Man zieht eine zweisprachige Elite heran, die man gut im Sinne der Sowjetideologie wird einsetzen können.

Erst, als die Verhaftungswelle unter Politemigranten ihren Höhepunkt erreicht, bekommen es auch die Zöglinge zu spüren. Nach der Auflösung ihres Heims 1939 werden die meisten Kinder und Jugendlichen auf gewöhnliche sowjetische Kinderheime verteilt.

1941 dreht sich ihr Schicksal ein weiteres Mal. Mit dem Bruch des Nichtangriffspakts und dem Überfall von Hitlers Wehrmacht auf die Sowjetunion geraten etliche von ihnen als angeblich deutsche Volksfeinde in Stalins Terrormühle.

So kommt es, dass mehr als 22 Jahre vergehen werden, ehe Karl nach Wien zurückkehren kann. Es sind Jahre eines Daseins als Heim-, später als Straßenkind. Er wird aufgegriffen, Monate im Erziehungsheim folgen, dann Jugendgefängnis, und kaum ist er achtzehn, folgt eine Verurteilung nach dem berüchtigten Paragraphen 58, dem »Politischen«, zu zehn Jahren Zwangsarbeit im Gulag. Die Urteile fällt kein Richter, sondern so genannte »Spezialkommissionen«, die mangels juristischen Personals und angesichts der Massen an zu Verurteilenden überall im Land eingesetzt sind. Der Tag, an dem Karl seine Strafe antritt, ist der 5. März 1943, als Tag der Entlassung ist der 5. März 1953 vorgesehen. Zufällig wird Stalin an genau diesem Tag sterben.

Zwei Jahre vor Ablauf seiner Frist hat er Nina kennengelernt, eine junge Frau, die als des »Diebstahls an sozialistischem Eigentum« zu zwei Jahren Straflager Verurteilte in der Lagerküche arbeitet und die Essensrationen zu den Waldarbeitern bringt. Er spricht mit ihr nicht über seine Vergangenheit, und so ahnt Nina lange nicht, dass er kein Russe ist.

Nina wird seine Geliebte, aber auch sein Freibrief. Als ihr zukünftiger Ehemann darf er nach seiner Entlassung die Region im Norden Sibiriens verlassen. Gefangene ohne Angehörige dürfen sich auch als Freie nicht in anderen Teilen der Sowjetunion ansiedeln, schon gar nicht in Städten.

Fast ein Jahr nach seiner Entlassung gelingt ein erster Kontakt zur Mutter in Wien. Kurz vor Weihnachten 1953 findet ein Brief seinen Weg zu ihr, nachdem sie seit zwölf Jahren kein Lebenszeichen von ihren Söhnen mehr hat. Der Brief war lange unterwegs. Nach der Überprüfung durch die sowjetische Zensur landet er im Briefkasten der Großeltern in Buchlovice, diese Adresse hatte Karl all die Jahre hindurch in Erinnerung behalten. Der Brief reist weiter nach Wien und erreicht endlich die überglückliche Eva.

Nach den Februarereignissen 1934 war Eva eine jener Frauen und Männer, die der illegalen Kommunistischen Partei beigetreten waren. Nach leidvollen, verlustreichen Jahren schöpft sie neue Hoffnung auf ein Wiedersehen mit ihren Kindern, die längst keine Kinder mehr sind. Diese Hoffnung hat mit dem Staatsvertrag 1955 zu tun, der einen Passus über die Rückkehr österreichischer Kriegs- und Strafgefangener enthält. Die Sowjets verlassen das Land, und jetzt holt Eva wieder ihr altes SP-Parteibüchl hervor, ein nicht unwichtiges Utensil im Österreich jener Jahre.

Ein weiteres Jahr muss noch vergehen, Mutter und Sohn sind hier wie dort beschäftigt mit Behördenwegen, Antragstellungen, Bittgängen. Zu Weihnachten des Jahres 1955 erfüllt sich endlich Evas sehnlicher Wunsch – wenn auch nur halb. Sie bekommt nach mehr als zwei Jahrzehnten einen ihrer beiden verlorenen Söhne zurück.

Die erste Umarmung fühlt sich anders an als von beiden erträumt. Die lange Trennung hat sie einander zu Fremden werden lassen. Das Gesicht der Mutter war Karl nach und nach in Vergessenheit geraten. Vor ihm steht eine grauhaarige, auf einen Stock gestützte alte Frau. Sie wiederum hat das Bild eines kleinen Buben und seine helle Stimme in Erinnerung bewahrt. Der zarte Neunjährige ist jetzt ein Mann. Sehr mager ist er, nicht sehr groß, und seine Haut wirkt fahl. Eva sucht gierig nach den Spuren ihres Kindes in diesem Gesicht, aber um seinen Mund haben sich tiefe Falten gegraben, das Haar wird an den Schläfen schütter, und die Augen strahlen Härte aus. Seine Muttersprache hat er fast vergessen, er spricht mit starkem Akzent, die Sätze sind fehlerhaft – wo Eva doch so großen Wert auf gutes Deutsch legt.

Die russische Frau an seiner Seite ist ihr noch fremder. Nina hatte insgeheim gehofft, dass es mit der Rückkehr ihres Viktors, wie sie ihn immer noch bei seinem russischen Lagernamen nennt, nichts werden und er bei ihr in Kursk bleiben würde. Sie fürchtet sich vor der Fremde, wo sie niemanden kennt und nicht weiß, was sie dort erwartet. Sie möchte in ihrer Heimatstadt bleiben, bei ihrer Mutter und ihren Geschwistern, sie kennt nichts anderes, und Karl hat sich doch so gut eingelebt. Sie versteht aber auch seine Sehnsucht nach seiner Mutter, nach seiner Heimat. Als sich dann abzeichnet, dass sie ihn nach Wien begleiten würde, denn eine Ehefrau folgt ihrem Mann, lernt sie rasch etwas Deutsch aus einem alten Schulbuch. Bei der ersten Begegnung mit ihrer Schwiegermutter sagt sie ihr Begrüßungssätzchen auf. Eva ihrerseits versucht sich auf Russisch, vor Jahren erlernt, als sie noch an eine Übersiedlung in die Sowjetunion zu ihren Kindern glaubte. Vor lauter Aufregung rutscht sie ins Tschechische, ihre eigene Muttersprache. Kühle Verlegenheit steht zwischen den drei Menschen, die einander doch so gerne verwandt wären. Wie gut, dass da das Kleinkind ist, diesem kann man sich zuwenden und so die betretene Stimmung etwas überspielen.

3

Karl ist wild entschlossen, dass hier und jetzt sein eigentliches Leben beginnen soll. Er will in kürzester Zeit nachholen, was andere in ihren frühen Jahren erledigen. Seine gesamte Jugend hat er in den Lagern gelassen, zwischen seinem 16. und 28. Lebensjahr war er ein Gefangener. Er hat weder eine höhere Schulbildung noch einen Beruf, weder die richtige Sprache noch nützliche Kontakte. Da ist nur diese innere Gewissheit, dass sein Ehrgeiz und sein starker Wille ihn zum Ziel führen würden. Zuerst muss er Anker werfen.

Sofort macht er sich auf die Suche nach Menschen, die er aus Russland kennt. Nach einer Gefährtin aus dem Kinderheim muss er nicht lange suchen. Erika und seine Mutter sind befreundet, Erika oft zu Besuch bei Eva. Die junge Frau war bald nach Kriegsende aus Kasachstan, wohin ihr sowjetisches Kinderheim evakuiert worden war, nach Wien zurückgekehrt.

Erika und Karls Bruder Slavko waren in Moskau ein jugendliches Liebespaar gewesen, bis man den Studienanfänger Anfang September 1941 verhaftet hat. Niemand hat seitdem etwas von ihm gehört. Erika sucht gleich nach ihrer Ankunft in Wien 1946 seine Mutter auf in der Hoffnung, Slavko hier wiederzusehen. Die beiden Frauen verbindet fortan das Warten auf Slavko und Karli.

Eva, die ihren Traum zu studieren nie aufgegeben hat, bewirbt sich an der Maturaschule für Berufstätige. Der Andrang dort ist groß, so vielen hat der Krieg den Bildungsweg abgeschnitten. Eva schafft die schwierige Aufnahmeprüfung und wird mit 55 Jahren wieder zur Schülerin.

Sie steckt mit ihrer Matura-Begeisterung die etwas orientierungslose Erika an. Auch ihr war ein regulärer Schulabschluss verwehrt geblieben. Die ältere und die junge Frau treffen sich fortan oft zum Lernen und zum gegenseitigen Motivieren in Evas Wohnung. Wenn es spät wird, schläft Erika auf Evas Couch. Es wird oft spät.

Karl und seine russische Frau Nina schließen sich Erikas Freundeskreis an. Es sind allesamt frühere Zöglinge aus dem Kinderheim, einige von ihnen haben, wie Karl, eine russische Frau mitgebracht. Sie haben sich in Wien zusammengefunden, und immer wieder sind Heimkehrende dazugestoßen. Karl ist einer der Letzten. Bald würde er verstehen, warum fast keine »echten« Österreicher in diesem Kreis verkehren.

Die Hiesigen begegnen den »Russen« voller Misstrauen. Nach Kriegsende waren im Sprachgebrauch die Befreier sehr schnell zu Besatzern geworden. Österreichs Nationalfeiertag wird den Schulkindern als jener Tag erklärt, an dem mit dem Verlassen des letzten russischen Soldaten die zehn Jahre Besatzung zu Ende gegangen sind – »Österreich ist frei«.

Die Gräuel des Faschismus sind rasch verdrängt, man bedauert sich als arg gebeutelte Nation, die unverschuldet zu Hitlers Opfer geworden und ebenso unverschuldet in Stalins Geiselhaft geraten war. All das soll jetzt vorbei und vergessen sein, der Blick soll sich nach vorne, in die Zukunft richten. Das Zurückschauen tut nur weh, und haben wir nicht alle genug erdulden müssen? Die Begegnung mit diesen in Russland aufgewachsenen Österreichern ist unangenehm. Gerne stimmt man ein, wenn die bolschewistische Gefahr beschworen wird, und erschreckt einander und seine Kinder mit dem Stehsatz: »Der Russe kommt.«

Mit Hilfe ihres Parteibuchs und etlichen Vorsprachen bei Genossen in der Stadtverwaltung verhilft Eva ihrem 32-jährigen, ungebildeten, kaum Deutsch sprechenden Sohn zu einer Wohnung und zu einer begehrten Anstellung bei der Gemeinde. Zuerst arbeitet Karl einige Wochen bei der städtischen Müllabfuhr, dann als Aushilfsbriefträger, schließlich als Straßenbahnschaffner. Der ehrgeizige, intelligente Mann spürt das Fehlen von Bildung schmerzlich.

Während Karl sich sein neues Leben aufbaut, kommt seine russische Frau Nina hier überhaupt nicht zurecht. Das Verhältnis zur Schwiegermutter ist nicht so herzlich, wie sie es sich wünscht. Eva muss dauernd lernen oder hat Besuch, man darf sie dabei nicht stören. Karl ist nach der Arbeit meistens noch mit seinen neuen alten Freunden zusammen.

Nina lernt eifrig Deutsch aus ihrem Lehrbuch, aber sie versteht den Wiener Dialekt nicht. Sie ist meist allein mit dem Kleinkind, das in der Wohnung keinen Lärm machen darf, um die studierende Großmutter nicht zu stören. Sie leidet unter unerträglichem Heimweh.

Einzig bei den russischen Ehefrauen erhofft Nina sich Freundschaft, oder wenigstens Verständnis. Sie versteht nicht, warum sich keine Nähe zu ihnen herstellen will. Bei den gemeinsam verbrachten sonntäglichen Picknicks packen die Frauen Speisen aus, die sie auf russische Art zubereitet haben. Nina kann mithalten. Ihr Beitrag ist ein Salat aus Erdäpfeln, Roten Rüben und Salzgurken. Leider schmeckt das Sonnenblumenöl, das es hier zu kaufen gibt, nicht so, wie sie es von daheim kennt. Die Lieder, die Scherze und die Speisen sind russisch, und gleichzeitig spürt Nina, wie die Frauen genau dieses Russischsein ablegen, verleugnen wollen. Die meisten sind schon seit Jahren hier, bemühen sich, österreichisch zu sein, und wollen nicht wahrhaben, dass sie immer noch nicht dazugehören. Sie sprechen fast akzentfreies Deutsch. Ihre Kinder besuchen Wiener Schulen. Die Neue, die noch so russisch ist, hält ihnen einen Spiegel vor, und was sie darin sehen, gefällt ihnen nicht.

Nina will nur noch weg von hier. Gegen Karls anfänglichen Widerstand, die kleine Tochter mitfahren zu lassen, gelingt es ihr schließlich doch, mit dem Kind in ihre Heimat zurückzufahren, zu ihrer Mutter, zu ihren Geschwistern, Freundinnen und Arbeitskolleginnen. Sie hat Karl verschwiegen, dass sie wieder schwanger ist.

Die Sowjetunion hat im Krieg Millionen Männer verloren, Arbeitskräfte sind zehn Jahre nach Kriegsende immer noch rar. Es ist nicht erwünscht, dass Frauen wegen Geburten ausfallen. Wenn sie bereits ein Kind haben, werden sie zu Abtreibungen gedrängt. Nina gelingt es, ihre Schwangerschaft zu verbergen, bis es für eine Abtreibung zu spät ist.

In Wien werden Karl und Erika ein Paar. Sie rät ihm zu einem Schulabschluss – beruflich hätte er hier sonst wenig Chancen, sich aus dem Hilfsarbeiterdasein zu lösen.

Private Arbeitermittelschule mit Öffentlichkeitsrecht
Wien XV. Henriettenplatz 6
Schulerhalter: Verein »Arbeitermittelschule«

Wien, am 5. September 1956

An die Direktion der Wiener Verkehrsbetriebe
Wien IV. Favoritenstraße 9

Die Schuldirektion bestätigt, daß Herr Karl Arnautovic, geb. am 8. Juli 1924, beschäftigt bei den Wiener Verkehrsbetrieben,

seit 3. September 1956 ordentlicher Hörer der 4 1/2-jährigen
Arbeitermittelschule Wien ist. Unterricht ist von Montag bis
Freitag von 18–21, Samstag von 14–18 Uhr. – Es wird gebeten,
Herrn Arnautovic den Schulbesuch zu ermöglichen.

Dr. Ferdinand Hübner, m. p.
Direktor

Am Vorabend seines ersten Schultags, am 2. September 1956, wird im fernen Kursk seine zweite Tochter geboren. Nina gibt ihr den Namen Larissa, Lara – entgegen Karls Wunsch, dem alten russischen Brauch aus vorchristlicher Zeit entsprechend den Töchtern Namen zu geben, die Glaube, Hoffnung und Liebe bedeuten. Ninas Mädchen soll einen modernen Namen tragen.

Lange wird er die Abendschule nicht besuchen. Karl hat einfach nicht die Geduld, so viele Jahre zu verlieren, wie er das empfindet. Außerdem hat er bald erkannt, dass das Einzige, was er neben einem chronischen Magenleiden aus Sibirien mitgebracht hat, die russische Sprache ist, und die lässt sich hier gerade gut verkaufen. Einige der zurückgekehrten Schutzbundkinder haben sich bereits etabliert. Erika hat eine Stellung als Übersetzerin bei den Korneuburger Schiffswerften. Ihr Bruder Rudi dolmetscht bei internationalen Konferenzen. Auch der Globus-Verlag beschäftigt »Ehemalige«.

Karl meldet sich an der Universität zu einer externen Staatsprüfung an, paukt einige Monate lang Deutsch und besteht das Examen mit Auszeichnung. Er legt nach und ist binnen kürzester Zeit gerichtlich beeideter Dolmetscher und Übersetzer für die russische Sprache. Er tritt eine Stelle in einem Reisebüro im ersten Bezirk an, wo er fast doppelt so viel verdient wie bei den Stadtwerken.

Jetzt kann er darangehen, seine privaten Pläne umzusetzen. Er möchte Erika heiraten, möchte mit ihr und seinen Töchtern eine Familie gründen. Dafür muss er sich von Nina scheiden lassen, dafür wiederum muss er sie nach Österreich locken.

Nina sträubt sich lange. Schließlich wird sie seinen brieflichen Liebesschwüren glauben und Ende 1959 nach Wien reisen. Eine Frau gehört an die Seite ihres Ehemanns, ihre Töchter brauchen einen Vater – selbst ihre Mutter, ihre Schwester und die Arbeitskolleginnen drängen sie, ihrem Mann und einem Leben im wohlhabenden Westen eine zweite Chance zu geben. Erika, die bald ihre externe Matura ablegen wird, verlässt vorübergehend Karls Wohnung, als Nina kommt.

Die Großstadt Wien erscheint Nina immer noch fremd und kalt und grau, die Schwiegermutter abweisend, der Ehemann ist meist abwesend. Der einzige Unterschied zum ersten Mal: Sie ist jetzt mit zwei Kleinkindern einsam. Sie spürt die Ablehnung gegenüber der »Russin«, auch wenn sie die Sprache nicht richtig versteht. Zu Karl stellt sich die erwünschte Nähe nicht ein, und so will sie ihrem Impuls nachgeben und endgültig in ihre russische Heimat zurückkehren.

»Du kannst fahren, sobald wir geschieden sind. Aber die Mädchen bleiben hier.« Karl weiß das österreichische Gesetz auf seiner Seite. Die Russin würde ihm die Kinder entziehen, argumentiert er vor dem Vormundschaftsgericht. Und so werden der schockierten Nina bei der von Karl eilig betriebenen Scheidung das Wohnrecht und das Sorgerecht entzogen, lediglich ein vierzehntägiges Besuchsrecht wird ihr zugestanden. Ohne ihre Kinder will sie aber nicht zurück, und so bleibt sie, vereinsamt und heimwehkrank, in dem ungeliebten Land. Die Hoffnung, eines Tages wieder mit ihren Kindern vereint zu sein, gibt sie nie auf.

Die Mädchen sind jetzt fünfeinhalb und drei Jahre alt.

4

Ein Saal mit hohen Fenstern und langen Tischen. Linoleumboden. Ein Raum für viele Zwecke. Hier werden Mahlzeiten eingenommen, Hausaufgaben gemacht, hier wird gespielt. Es riecht muffig, nach Lauge und Suppe. Und dann ist da noch ein Geruch – er erinnert an warme Semmeln, so riechen Kinder.

Der Vater muss die kleinen Finger aufbiegen, um seine Hände frei zu bekommen. Er flieht zum wartenden Taxi und blickt sich kein einziges Mal um zu seinen Mädchen, die ihm nachschreien, fassungslos, verzweifelt. Blind vor Tränen, versuchen sie sich mit aller Kraft loszureißen. Aber eine große dicke Frau hält eisern die kleinen Handgelenke fest. Betrogen. Verlassen. Ausgesetzt.

Bei der Abfahrt in Wien liegt bereits ein Koffer mit dem Gewand der Kinder im Kofferraum eines Taxis. Ein geschiedener berufstätiger Mann kann keine Kinder versorgen, seine Umgebung hat Verständnis und Mitgefühl. Man hilft ihm bei der Suche nach einer guten Betreuung. Auch hier weiß seine Mutter Rat. Das Evangelische Kinderheim liegt in einer wunderschönen hügeligen Landschaft in Niederösterreich. Überhaupt soll es ja nur eine Übergangslösung sein. Erika, die Jugendfreundin, hat das Warten auf ihren Slavko aufgegeben und wendet sich seinem Bruder Karl zu, die beiden wollen in Zukunft zusammenleben. Sobald Erika im Frühjahr ihre Matura in der Tasche hätte, würden die kleinen Mädchen aus dem Heim geholt, und man würde eine richtige Familie sein.

Es ist ein warmer Sommertag, eine Fahrt mit einem Auto – wie aufregend! Ein Ausflug aufs Land, Blumenwiesen, ein plätschernder Bach, Einkehr im Gasthaus, Würstel und Limonade. Bei Kakao und Apfelstrudel beginnt der Vater von seiner Kindheit zu erzählen, wie schön er selbst es einst im Kinderheim gehabt habe, und ob man sich nicht gleich eines anschauen wolle, das zufällig hier ganz in der Nähe liege?

»Stellt euch das nur einmal vor, so viele Kinder, nie wird euch langweilig. Immer ist jemand da zum Spielen.«

Eine böse Ahnung steigt auf.

Beim Rundgang durch das riesige Haus mit den dunklen Winkeln und dem seltsamen Geruch lassen die Kinder die Hand des Vaters keinen Augenblick los. Es wird nichts nützen. Tante Wallys kalte Finger sind stärker.

Die Ältere hat sich bisher immer wie eine Prinzessin gefühlt. Ein geliebtes erstes Kind, immer im Zentrum, selbst im Streit der Eltern. Dass es da eine kleine Schwester gibt, war nicht von Bedeutung. An diesem Tag ändert sich ihre Wahrnehmung. Heute hat sie plötzlich eine Schwester bekommen, eine, die zu ihr gehört in dieser Fremde, und für die sie sich – weil die doch noch so klein ist, noch keine vier Jahre alt – verantwortlich fühlt.

An diesem ersten Abend wollen die Neuen nichts essen, sie haben das üppige Gasthausessen zu verdauen, dazu diesen Stein im Magen, der auf das Herz drückt. Es gibt Nudeln mit Paradeissoße, alles muss aufgegessen werden, in dem riesigen Saal, unter den neugierigen Blicken fremder Kinder. Die Große schafft es irgendwie, das Zeug hinunterzuwürgen. Die Kleine erbricht sich in ihren Teller. Tante Wally vermischt alles gut miteinander, nimmt das vom Schreien rot angelaufene Gesichtchen in die Zange ihrer dicken Arme und stopft ein paar Löffel voll in den kleinen Mund. Der Großen schnürt sich der Hals zu, sie meint zu ersticken, fast hätte auch sie sich erbrochen.

Wann immer eine der Schwestern weint oder schreit, stimmt die andere mit ein. Die Große lernt, den Impuls zu unterdrücken, damit die Kleine weniger weinen muss.

Tante Wally erzieht zum richtigen Sprechen. Wer sagt: »Die Frau Lehrerin hat gesagt, wir müssen das noch einmal wiederholen«, zählt Tante Wally an ihren dicken Fingern ab: »Noch. Einmal. Wiederholen. Das macht also dreimal.«

Tante Wally erzieht zu richtiger Tischkultur. Wer sich mit den Ellbogen aufstützt, dessen Unterärmchen umfasst sie von hinten und trommelt mit der Kraft einer wütenden Frau die zarten Knochen etwa zehnmal auf die Tischplatte – und zum Abschluss noch je einmal über die Kante. Das macht Schürfwunden, die mit brennendem Jod behandelt werden müssen.

Für Buben und Mädchen gibt es unterschiedliche Arten der Bestrafung. Mädchen müssen Schuhe putzen, und zwar die Schuhe sämtlicher Kinder, was einen ganzen verpassten Spiel-Nachmittag bedeutet. Buben werden im Sommer vor versammelter Schar mit dem nackten Hintern in die Brennnesseln hinter dem Haus gedrückt, im Winter in den Schnee. Die Mädchen brauchen das nicht zu fürchten, dennoch macht es sich die Große zur Gewohnheit, in unbeobachteten Momenten ihre nackten Arme und Beine immer wieder durch die Nesselstauden zu ziehen, dabei empfindet sie das Brennen als eigenartigen Triumph. Sie macht sich stark gegen den Schmerz, und zugleich spürt sie, die sich so oft versteinert, sich dabei kurz als lebendigen, warmen, empfindenden Körper.

Tante Wally und ihre junge Kollegin Gitti wechseln einander beim Nachtdienst ab. Gitti liest im Schlafsaal immer noch etwas vor. »Heimatlos« heißt der französische Abenteuerroman um einen Waisenjungen, der am Ende wieder zu seiner richtigen Familie findet. Ist ein Kapitel zu Ende, klappt Gitti das Buch zu, nimmt eine riesige blaue Nivea-Creme-Dose und geht damit von Bett zu Bett. Sie verteilt auf den Wangen eines jeden Kindes etwas davon, und dies ist die einzige zärtliche Zuwendung, die die Kinder während ihres Aufenthalts im Heim erfahren. Literatur bekommt durch dieses sinnliche Erleben neue Verknüpfungen: ein angenehmes Rieseln im Nacken, ein minimales Ansteigen der Außentemperatur. Fortan wird der Geruch dieser Creme die Lust zum Lesen wecken. Lange warten und sehnen alle im Schlafsaal diese Momente herbei, und viel zu schnell gehen sie vorüber. Eines Tages verkündet Tante Wally: »Die Tante Gitti hat geheiratet und kriegt ein eigenes Baby, sie will jetzt nicht mehr zu euch kommen.«

Wenn Tante Wally Nachtdienst hat, fürchten sich alle. Kein Vorlesen, kein Eincremen. Sie duldet kein Flüstern, keine Bewegung im Schlafsaal. Zehn Minuten nach Ausschalten des Lichts kommt sie zurück, um zu kontrollieren, ob alles schläft. Sie geht von Bett zu Bett, beugt sich über jedes Kind und hört auf den Atem. Gleich in der ersten Nacht muss die Große erleben, was geschieht, wenn sie eines der Kinder wach vorfindet. Alle anderen haben schon gelernt, sich perfekt schlafend zu stellen. Die Ertappte muss ihr Bett verlassen. Am Ende des Ganges öffnet die Erzieherin eine Tür, die zum Dachboden führt, schiebt das Kind hinein und sperrt hinter ihm ab. Da steht sie nun, in Nachthemd und Hausschuhen, frierend und in vollkommener Dunkelheit. Beim Betreten ist noch die steile, staubige Treppe zu sehen, die zu hohen Giebeln aus Holz hinaufführt. Alles hängt voller Spinnweben. Dann wird die Tür geschlossen, ein Schlüssel kreischt. Es ist still, dennoch vermeint man Geräusche von oben zu hören, ein Wischen und Kratzen. Sie schließt die Augen und versucht ein Stein zu werden: nicht atmen, nicht fühlen, nicht sehen, nicht hören, nicht leben. Das Herz spielt dabei nicht mit, es klopft zu laut und zu schnell. Sie weiß nicht, wie lange sie hier stehen wird müssen. Dazu kommt die Angst, die Tante Wally könnte eingeschlafen sein, oder sie könnte das Kind am Dachboden vergessen haben, und es müsse für immer hierbleiben.

5

Die Scheidung ist durch, Nina hat die Wohnung verlassen müssen, Erika zieht wieder bei Karl ein. Sobald sie ihren neuen, als Maturantin besser dotierten Posten antreten kann, will man die Kinder aus dem Heim holen, dann wird man eine richtige Familie sein.

Erika blieb der Gulag erspart, nicht aber der Hunger, die Erfrierungen und Krankheiten, die sie sich in Mittelasien zuzog, wohin man ihr Kinderheim bei Kriegsausbruch evakuiert hatte. Damals wurde sie nicht nur von ihrer Jugendliebe Slavko getrennt, sondern auch von ihrem älteren Bruder. Rudi wird zum Fallschirmspringer ausgebildet und schließt sich 1944 der Österreichischen Legion der jugoslawischen Partisanenarmee an, wo er als Funker an Kampfeinsätzen teilnimmt.

Sein Bataillon zieht 1945 mit siegreichen Posen über die Wiener Ringstraße. Der Jubel, die Dankbarkeitsbezeugungen, die sich die Helden bei ihrer Rückkehr erwartet hatten, bleiben zu ihrer Enttäuschung aus. Schämt sich Österreich womöglich für uns, denkt Rudi, statt stolz auf uns zu sein? Es hat nicht viele wie uns gegeben, die Widerstand gegen die Nazis geleistet haben.

Rudi nutzt seine Kontakte, setzt sich für seine Schwester ein, und so kann Erika bereits 1946 die Sowjetunion verlassen. Auch sie bringt nur ihre neue Sprache mit, auch sie macht das Beste daraus.

Als im Kinderheim Nr. 6 die Welt noch in Ordnung war, hatte sich zwischen Erika und Karls Bruder Slavko eine starke

Anziehung entwickelt. Ihm gefiel das stille Mädchen, ihre ruhige Besonnenheit, ihre Ernsthaftigkeit. Ihr fiel nie ein unbedachtes Wort aus dem Mund, ganz anders als bei ihm. Ihr wiederum gefiel genau das an dem frechen, sommersprossigen Jugendlichen, der seine Meinung frei herauspurzeln lässt – jedenfalls so lange, bis allen bewusst wird, dass man sich dabei leicht den Mund verbrennen kann. Das war 1939, als das paradiesische Kinderheim Nr. 6 aufgelassen wurde und die Zöglinge das wahre Leben der sowjetischen Menschen kennenlernten, das bisher vor ihnen verborgen gehalten wurde.

Das junge Liebespaar wird getrennt. Slavko kommt ins Lehrlingsheim einer Metallfabrik im Westen Moskaus und beginnt eine Lehre als Dreher. Erika geht noch zur Schule und wird in ein gewöhnliches Kinderheim überstellt, das ganz im Osten der Stadt liegt. Sie nutzen ihre rare Freizeit und nehmen lange Fahrten auf sich, um einander zu treffen. Sie sind davon überzeugt, dass ihnen eine gemeinsame Zukunft beschieden ist. Beide würden ein Studium anstreben und wertvolle Mitglieder der sowjetischen Gesellschaft werden. Oder aber sie würden nach Österreich zurückzukehren, um dort am Aufbau des Sozialismus mitzuwirken.

Daraus wird nichts. Obwohl es sich doch so gut anlässt. Im Frühjahr des Jahres 1941 erfüllt sich endlich Slavkos Wunsch, er bekommt einen Brief mit der Mitteilung, dass er im Herbst ein Studium aufnehmen darf. Zwar ist es nicht die philologische Fakultät, wie erträumt. Es werden Ärzte gebraucht, also gut, dann halt Medizin.

Anfang September feiert sein Freundeskreis ihn und weitere neue Studenten. Dass im Sommer Hitlers Wehrmacht die Sowjetunion überfallen hat, wissen die jungen Leute natürlich, daher erheben sie ein erstes Glas auf den Sieg der Roten Armee, und ein zweites auf ein erfolgreiches Studium. Es sind Slavkos und Erikas letzte gemeinsame Stunden. Im Morgengrauen wird sein Zimmer im Wohnheim durchsucht, er wird verhaftet, und es beginnt die übliche Prozedur – Verhöre, Folter, Gefängnis. Nur wenige Monate später, im Mai 1942, wird es für den feinsinnigen jungen Mann ausgestanden sein. Seine Familie und seine Freunde werden keine Kenntnis über sein Schicksal erhalten. Seine Mutter wird bis zu ihrem Tod 1984 auf den Verschollenen warten. Karl wird erst 1991 ein Dokument in die Hände bekommen, das ausweist, wie elend sein erst 21-jähriger Bruder gestorben ist.

Erika hofft, Slavko in Österreich wiederzusehen, als sie 1946 in Moskau den Zug nach Wien besteigt. Sie versucht, sich die Begegnung mit ihm auszumalen, aber es will ihr nicht recht gelingen. So wie es ihr nicht gelungen war, von Kasachstan aus Kontakte zu halten oder aufzubauen, einzig Rudi, ihr Bruder, spürt sie nach hartnäckiger Suche mit der Hilfe von KP-Genossen auf.

Weder Rudi noch jemand aus der Gruppe ehemaliger Schutzbundkinder, die er um sich geschart hat, hat etwas von Slavko gehört.

Erika fühlt sich fremd in dem Land, das doch ihre Heimat sein soll. In ihre eigene Familie findet sie nicht recht zurück. Sie konnte sich all die Zeit des bitteren Gedankens nicht erwehren, die Mutter hätte sie loswerden wollen. Auch nimmt sie es ihr übel, dass die sich so bald wieder verheiratet hat, während Erika selbst nicht aufhören kann, um ihren geliebten Vater zu trauern, der im Februarkampf vor der Schwechater Brauerei von einem Polizisten erschossen worden war. Seine mittellose Witwe hoffte, mit der Verschickung der Acht- und des Zehnjährigen wenigstens ihre zwei Kleinen durchbringen zu können.

Die können sich jetzt an ihre erwachsenen Geschwister überhaupt nicht mehr erinnern, fürchten in der fremden jungen Frau gar eine Konkurrenz um die Gunst der Mutter.

Erika sucht nach Slavkos Mutter, die sie von früher flüchtig kennt. Diese Frau hatte sie damals mit anderen Kindern zwei Tage in ihrer Wohnung betreut, dann bei einer als Landpartie getarnten Fahrt über die Grenze nach Tschechien geschleust und an Pflegeeltern übergeben.

Sie hat die »Tante Eva« als jung, wendig und fröhlich in Erinnerung. Die Frau, die ihr jetzt die Tür öffnet, ist grauhaarig, trägt eine Brille mit dicken Gläsern, hört auf einem Ohr nichts und geht gebückt auf einen Stock gestützt.

Nein, kein einziges Lebenszeichen, von Slavko nicht, und nicht von Karli. Wirklich alles habe sie versucht, Rotes Kreuz, Sowjetische Kommandantur, KP-Genossen. Nichts. Der letzte Brief kam im Jahr 1941, da schreibt Slavko, dass er bald Student sein wird und dass Karli von der »Roten Hilfe« in die Stadt Tscheljabinsk gebracht wurde, dort eine Berufsschule besucht, und dass es ihm gut geht. Ob Erika den Brief sehen wolle?

Zwischen den beiden entsteht eine Verbindung wie zwischen Mutter und Tochter. Sie freuen sich gemeinsam, als nach Jahren endlich der erste Brief von Karl kommt. Gemeinsam fiebern sie dem Wiedersehen entgegen.

6

Die beiden ehemaligen Schutzbundkinder haben Erwartungen aneinander, die sich nicht erfüllen lassen. Erika sucht in Karl ihren verschollenen Geliebten, vermeint im Bruder Ähnlichkeiten und Eigenschaften von Slavko zu entdecken, sucht im Geruch seiner Haut die Erinnerung an die verlorene Liebe. Bald muss sie feststellen, dass die beiden einander nur äußerlich ähneln, im Charakter jedoch gegensätzlich sind.

Bisher hat Karl bei seiner Mutter gewohnt. Jetzt sucht er um eine Gemeindewohnung für ein Ehepaar mit zwei Kindern an. Bei der Vergabestelle gibt er mit Tränen in den Augen an, dass eine Wohnung die Voraussetzung sei, um seine kleinen Töchter aus dem Kinderheim zu holen. Nur drei Wochen später wird ihm eine Wohnung im legendären Karl-Marx-Hof zugewiesen, ganz in der Nähe seiner Mutter.

Karl treibt ein ruheloser Geist um. Gierig will er nachholen, was ihm vermeintlich versagt geblieben ist. Er möchte eine Familie, ein Heim, stabile Verhältnisse, aber genauso jagt er einer verlorenen Jugend nach, sucht nach all den Vergnügungen, die er glaubt, verpasst zu haben.

Erika zeigt Verständnis für seine Unrast. Sie würde Karl seine Freiheit lassen, die er offenbar so dringend nötig hat; sie würde warten, bis er sich »ausgetobt« hat, bis er endlich zur Ruhe und schließlich ganz zu ihr finden würde. Sie glaubt zu wissen: Es gibt keine andere, die so tief in seine wunde Seele blicken kann.

Sie würde sogar eine schlechte Ehe in Kauf nehmen. Sie wäre

bereit, Lieblosigkeit zu ertragen, weil sich ein anderer Wunsch erfüllen würde: Sie würde Mutter sein können. Ihr Körper versagt ihr eigene Kinder. Und Karl hat zwei entzückende kleine Mädchen.

Karl weiß, dass er in der gleichaltrigen Erika eine Gefährtin an seiner Seite hat, die ein ähnliches Schicksal hat, die versteht, was ihn antreibt, die nachfühlen kann, was ihn bewegt, mit der er Russisch sprechen und russisch lachen kann. Dass Erika ganz vernarrt ist in seine Mädchen, kann ihm nur recht sein. Die Kinder sind nach vielen Monaten im Kinderheim wieder zurück, und Papas neue Gefährtin, die Tante Erika, kennen sie schon von früher. Jetzt heißt sie Mutti. Mutti hat Anweisung, darauf zu achten, dass Nina ihre Kinder nicht zu sich holt, sie womöglich entführt. Sie ist es, die die Mädchen in der ersten Zeit an jedem zweiten Samstag zu Nina bringt und sie am Sonntag wieder abholt.

Erika verhilft Karl zu einer Anstellung bei ihrem eigenen Arbeitgeber, der Wiener Städtischen Versicherung, wo sie inzwischen in eine höhere Position aufgestiegen ist. So gehen jetzt beide morgens zusammen zu ihrer Arbeitsstelle im Wiener Ringturm, aber nur selten gemeinsam nach Hause.

Erika holt die Mädchen vom Hort und Kindergarten ab, geht einkaufen und kocht das Abendessen.

Bevor Karl zum Essen nach Hause kommt, geht er fast täglich erst einmal ins Kaffeehaus. Ein Mann muss Zeitung lesen, muss informiert sein, was sich politisch tut in der Welt.

Die Ehe kriselt trotz Erikas guter Vorsätze nach kürzester Zeit. Erika ist Karl »als Frau«, wie er sagt, zu wenig attraktiv. Er hat verstanden, dass ein Mann auf dem Weg nach oben, auf dem er sich sieht, eine schöne, junge, Erotik ausstrahlende Frau an seiner Seite braucht. Sie muss nicht so klug und verständig sein wie Erika, andere Attribute sind verlangt, um einen Mann Potenz ausstrahlen zu lassen. Nach so einer Frau sieht er sich jetzt um.

Seine Chance kommt in Person der jungen deutschen Studentin. Durch die Heirat mit einer Akademikerin aus einer höheren Gesellschaftsschicht könnte er sich aus seinem Wiener Dasein frei machen. Allmählich scheint die Aufstiegskurve, die er vollführt, abzuflachen. Er spürt, dass es noch weiter hinauf gehen könnte – und reicht die Scheidung ein.

Die Mädchen, jetzt sechseinhalb und neun Jahre alt, kommen wieder ins Heim, diesmal nach Purkersdorf bei Wien. Die Wohnung im Karl-Marx-Hof übernimmt Erika. Karl übersiedelt nach München.

Kurz vor Weihnachten passiert in Purkersdorf ein Unfall. Die Schwestern sind auf dem Heimweg von der Schule ins Kinderheim, das auf dem Gelände eines Sanatoriums liegt. Ein »Hammerbrot«-Lieferwagen kommt mit hoher Geschwindigkeit heran. Er bremst stark, aber auf der Straße gibt es vereiste Stellen, und so wird die Kleinere niedergestoßen und schwer am Kopf verletzt. Die große Schwester war immer schon die Zögerlichere, sie ist genau den einen entscheidenden Augenblick länger stehen geblieben, bevor sie ihren Fuß auf die Fahrbahn setzte. Jetzt muss sie mit ansehen, wie zu Hilfe Eilende das Kind unter dem Auto hervorziehen, und wie innerhalb weniger Minuten das Gesicht der kleinen Schwester zur Unkenntlichkeit anschwillt.

Als die Siebenjährige nach einem wochenlangen Spitalsaufenthalt entlassen wird, macht seine Geschiedene Karl den Vorschlag, die Mädchen aus dem Kinderheim zu holen und sie bei sich aufwachsen zu lassen.

»Aber Alimente gibt's keine.«

Erika nickt.

»Und die Große muss aufs Gymnasium.«

Erika nickt.

Im so genannten B-Zug werden lernschwache oder »schwer erziehbare« Kinder unterrichtet, der Englischunterricht ist hier freiwillig. Nur vom A-Zug ist ein Wechsel aufs Gymnasium möglich.

Der Befehl aus München lautet: Die Tochter muss unbedingt in den A-Zug, die Kinder würden sonst wieder ins Heim kommen. Und so zwingt die vom Büroalltag und den Haushaltspflichten ausgelaugte Mutti das Kind zu quälenden allabendlichen Nachhilfestunden in Mathematik.

Die Besuche bei »Mama« alle vierzehn Tage bringen nur kurzfristig Entspannung, Erika macht ihrem Unmut auch vor den Kindern Luft.

»Ich muss euch nach jedem Wochenende bei Nina von vorne anfangen zu erziehen.«

7

Die Mädchen sind jetzt achteinhalb und elf Jahre alt. Es ist das Zeitalter der Ticks.

Die Kleine gesteht ihrer Schwester eines Tages, dass sie dauernd alles zählen muss, was die gleiche Form hat und mehr als dreimal vorkommt.

»Ich auch!«

Sie ist glücklich in diesem Moment, dachte sie doch bis dahin, nur sie allein auf der ganzen Welt hätte diese verrückte Angewohnheit. Die Objekte finden sich, wohin man auch blickt: sich wiederholende Motive im Muster des Vorhangs. Neonröhren in Amtsgebäuden. Rillen in einem Trinkglas. Die Reihen und Plätze im Kino.

Die Zählerei lässt irgendwann nach, und jetzt befällt sie eine Lust, ihre Umwelt wie in Fotografien festzuhalten. Sie wählt einen Ausschnitt, hält inne, denkt sich einen Rahmen drumherum und macht innerlich »klick« – für einen kurzen Moment friert das Bild ein. Damit es stehenbleibt, darf auch das Mädchen sich nicht bewegen.

Bald gerät dieses Spiel zur dauernden Wiederholung. Jeder Schritt, jede Wendung des Kopfes verändert die Perspektive, der Ausschnitt muss ständig neu bestimmt werden, denn nicht jede Bildkomposition eignet sich fürs Festhalten. Meist genügt ein kleiner Ruck der Augen, dann passt es. Allmählich besteht jeder Moment des Tages, alles Schauen aus diesem inneren Tun – und wird zur Qual. Ein ununterbrochenes Motiv-Auswählen –

Rahmen festlegen – Auslösen. Nie spricht sie mit jemandem darüber, sie hält es für abwegig, für nicht normal.

Als sie in diesem Jahr nach ihrem Weihnachtswunsch gefragt wird, sagt sie ohne viel nachzudenken: »Einen Fotoapparat.« Der Vater bleibt zwar über die Feiertage bei seiner neuen Familie in München – sein drittes Kind, zu seiner Enttäuschung wieder ein Mädchen, ist gerade erst zwei Monate alt –, aber unter dem Wiener Christbaum liegt tatsächlich ein billiger Agfa, den er mit der Post geschickt hat. Als der einzige Film verknipst ist, bekommt sie keinen neuen, viel zu teuer. Sie trägt den leeren Apparat trotzdem bis in den Sommer um den Hals gehängt mit sich herum, schaut immer wieder durch den Sucher und drückt den Auslöser. Um den inneren Fotoapparat zum Stillsein zu bringen, verbietet sie sich, es ohne Gerät zu tun, und so hebt sie den Agfa sicher hundert Mal am Tag vors Gesicht. Ohne diese Begriffe zu kennen, spürt sie, dass sie eine Art Entzug mit Hilfe einer Ersatzdroge macht.

Irgendwann muss der Tick dann verschwunden sein, auch aus dem Gedächtnis, denn erst Jahre später erinnert sie sich wieder daran – und spürt mit Entsetzen, dass es jederzeit wieder losgehen könnte.

Abgelöst wird dieser Fotografier-Tick jedoch durch einen anderen. Es beginnt mit einer harmlosen Entdeckung: Unsere rechte Seite ist dominanter als die linke, sie wird allgemein höher bewertet. Schreiben soll man mit rechts, essen, einander die Hand geben. Und so beschließt die mittlerweile Zwölfjährige, der wenig geschätzten linken Seite mehr Aufmerksamkeit zu schenken und etwas ausgleichende Gerechtigkeit herzustellen. Jede Treppe, die es hinauf- oder hinunterzugehen gilt, wird mit dem linken Fuß begonnen. Das fühlt sich gut an, es bringt die innere Waage näher ans Gleichgewicht. Sie versucht mit der linken Hand zu schreiben, aber das sieht nicht schön aus. Als Kompromiss schreibt sie mit der Rechten in Spiegelschrift, das geht immer flotter, und auch das macht Spaß.

Anfangs passiert es ihr noch, dass sie durch Unaufmerksamkeit an einer Treppe mit dem rechten Fuß beginnt, dann steigt sie zurück und beginnt neu. Erst jetzt ist ihre Welt wieder in Ordnung. Später wird es ihr so in Fleisch und Blut übergehen, dass sie schon viele Meter vorher ihren Schritt so anpasst, dass stets der richtige, der linke Fuß ankommt. Als junge Erwachsene würde ihr das beim Bühnentanz, mit dem sie einige Jahre lang ihren Lebensunterhalt bestreiten wird, zugutekommen. Choreografien erfordern ein gutes Gespür für Raum und Distanz. Dieses Gespür hat ihr der Tick aus der Kindheit immerhin beschert.

Bis sie eines Tages feststellt, dass sich sämtliche Störungen und Krankheiten in der rechten Körperhälfte abspielen: eitriger Zahn, Blinddarm, Fieberblasen ... Sie ahnt, dass es eine äußere und eine innere Gerechtigkeit geben muss – und sie hatte ihre Rechte jahrzehntelang schlechter behandelt als die Linke. Zur Wiederherstellung des inneren Gleichgewichts zwingt sie sich jetzt dazu, Treppen mit dem rechten Fuß zu beginnen. Irgendwann erscheint dann tatsächlich erstmals eine Fieberblase im linken Mundwinkel.

In solchen Momenten zweifelt sie an ihren Zweifeln, was die Erzählung der russischen Großmutter Anastasia betrifft: Als erste Tochter in einer ununterbrochenen Reihe erstgeborener Töchter habe auch ihre Enkelin die Gabe geerbt, so manches »Zwischen« erspüren zu können. Es spiele keine Rolle, ob sie daran glaube und sich dazu bekenne oder nicht. »Die jungen Frauen heutzutage tun ja so modern und verlachen uns alte Weiber – aber eines Tages kommen sie drauf, dass es doch etwas gibt zwischen Wissen und Ahnen, Lebendigem und Totem, Himmel und Erde«, prophezeit Anastasia.

Ist ja schon gut, sagt sie zu ihrer linken Fieberblase, ich hab's verstanden. Später würde sie ihrer eigenen – ersten – Tochter nichts von diesem esoterischen russischen Zeug erzählen, bis die Siebenjährige eines Tages ganz aufgeregt von einem Besuch bei Großmutter Nina kommt: »Die Babuschka hat gesagt, wir sind was Besonderes! Stell dir vor! Das ist angeboren. Hier ist mein Zeichen«, sie zeigt auf einen kleinen Leberfleck auf ihrer Oberlippe. »Zeig mir deins.«

Sieh mal an, die so modern und nüchtern denkende Sowjetfrau Nina fängt jetzt tatsächlich auch schon damit an. Ihre Tochter will nichts davon hören, umso begieriger ist die Enkelin, die noch mit einem Bein in der Märchenwelt steht.

8

Der Vater ist jetzt fast nur noch in Briefen aus München präsent. Darin finden sich Anweisungen und unangenehme Fragen.

»Hat sie den Übertritt in den A-Zug endlich geschafft?«

»Nein«, antwortet ihm Erika, »das ist doch mitten im Semester gar nicht möglich, alles hängt vom Halbjahreszeugnis im Februar ab. Aber glaub mir, ich bemühe mich nach Kräften, wir sitzen abends an Rechenaufgaben, bis das arme Kind fast vom Sessel fällt vor Müdigkeit.

Noch eine Bitte, Karl – die Mädchen brauchen dringend Winterschuhe, und ich hab ihnen in diesem Monat doch schon die Eislaufschuhe gekauft.«

Nach einigen Tagen ist seine Antwort da.

»Du wolltest sie unbedingt haben. Damit hättest du rechnen müssen, dass Kinder Geld kosten. Ich kann im Moment keinen Groschen entbehren. Grad hat meine Frau ein Kind gekriegt, und weil sie mitten im Staatsexamen steckt, haben wir es vorübergehend in einem Säuglingsheim unterbringen müssen. Auch das kostet Geld, und sie verdient ja noch nichts. Ich muss mich hier beruflich erst einmal auf die Füße stellen, und die Mieten in Deutschland kannst du nicht vergleichen mit Wiener Gemeindewohnungen. Aber wenn du es nicht schaffst, sag es, dann tu ich sie wieder ins Heim.«

Manchmal kommt Karl seine Kinder besuchen. Er übernachtet dann immer bei seiner Mutter. Meistens hat er tagsüber viel zu erledigen, aber am Abend bringt er die Mädchen zu Bett. Die Gespräche dabei wirken fast wie Verhöre.

»Lässt die Mutti euch manchmal allein? Kocht sie euch was Anständiges? Hat sie oft Besuch? Lernst du brav Mathe? War der Leonhard wieder da?«

»Nein. Ja. Nein. Ja. Ja.«

»Dann wird jetzt schnell geschlafen. Gute Nacht.«

»Gute Nacht, Papa.«

Die Tür öffnet und schließt sich wieder. Die Schwestern flüstern gewöhnlich noch miteinander. Die Kleine verlangt oft nach »Hatschi Bratschis Luftballon« – die Große kann ihr Lieblingsbuch auswendig aufsagen. (Was für eine Überraschung für die längst Erwachsene, als ihr der problematische Inhalt dieser so eingängigen Verse zu Bewusstsein gebracht wird.)

Langsam gewöhnen sich die Augen an die Dunkelheit. War da nicht was im Augenwinkel? So ein Aufblitzen? Sie dreht leicht ihren Kopf in die Richtung. Der Schreck fährt ihr wie ein schneidender Schmerz in den Leib. Da schwebt oder hängt ein Kopf, direkt neben dem oberen Stockbett, und was da so glänzt, müssen die Augen sein. Sie zwingt sich, ruhig weiterzuatmen, eine Technik, die sie im Kinderheim erlernt hat. Der Vater soll nicht merken, dass sie ihn wahrgenommen hat. Er hat also nur so getan, als würde er das Kinderzimmer verlassen. In Wahrheit ist er zurückgeschlichen und hat sich neben das Stockbett gestellt. Warum nur? Will er seine Kinder belauschen? Ob sie einander Dinge sagen, die sie vor ihm verheimlichen?

Die kleine Schwester darf um Gottes willen nichts merken, ihr soll dieser Schreck erspart bleiben. Die Große bekommt kaum ihren eingespielten Satz über die Lippen, ein Code zwischen den Schwestern, der bedeutet, dass ab jetzt nicht mehr gesprochen wird – »Mach die Äuglein zu und träum was Süßes«.

Ihre Stimme klingt ihr selbst hohl und atemlos. Sie hofft, dass die Kleine wirklich die Augen schließt, dreht sich zur Wand und zieht sich die Decke über den Kopf. Nach ein paar Minuten hört sie, wie der Vater hinausschleicht. Jetzt löst sich der Krampf, wird abgelöst durch starkes, nicht kontrollierbares Zittern. Der Schlaf will lange nicht kommen, das eisige Erschrecken hat ihr alle Wärme aus dem Leib gejagt.

9

Im Jänner 1963, sechs Monate nach dem Kennenlernen im Kaffeehaus, heiraten Karl und Dörte auf dem Standesamt Wien-Brigittenau. Da ist Dörte schon schwanger. Karl hofft, dass ein Enkelkind seine verärgerten Schwiegereltern besänftigen wird. Im Juli wird der ersehnte Sohn geboren. Aber der kleine Bub, der nach Karls Großvater Stefan genannt wird, hat einen schweren Herzfehler und verlässt die Welt nach wenigen Tagen wieder.

Dörtes streng evangelischer Vater kommentiert herzlos: »Damit will Gott dir ein Zeichen geben, dass du den falschen Mann gewählt hast.«

Obwohl die traumatisierte junge Frau sich jetzt ganz auf den Abschluss ihres Studiums konzentrieren müsste, wird sie gleich wieder schwanger. Fünfzehn Monate nach Stefan bringt sie ein gesundes Mädchen zur Welt.

Das Staatsexamen steht an, die Doktorarbeit ist erst halb fertig, und im Anschluss muss eine zweijährige Turnuszeit absolviert werden – Voraussetzung für eine Berufstätigkeit als Ärztin. Nach einigen Monaten in einem Säuglingsheim vertraut man das Kind den Frankfurter Großeltern an, wo das kleine Mädchen ein liebevolles Zuhause findet.

Nach zwei Jahren hat Dörte ihr Doktorat in der Tasche, der Turnus ist absolviert, und sie findet sofort eine Anstellung an einer Münchner Klinik. Karl hat sich inzwischen beruflich recht gut entwickelt. Die Zeit scheint ihm reif, die Familie zu vervollständigen. Das kleine Mädchen wird aus Frankfurt geholt und soll im Herbst in den Kindergarten gehen. Aus Wien kommen die beiden Älteren, wie jeden Sommer, auf Besuch nach München, und als die Ferien zu Ende gehen, eröffnet ihnen ihr Vater, dass sie jetzt hierbleiben werden.

»Die Mutti will euch nicht mehr in Wien haben. Sie hat jetzt wahrscheinlich einen neuen Mann.«

Zu Erika sagt er: »Die Kinder möchten lieber hier bei mir bleiben. Mach es ihnen nicht unnötig schwer. Und schreib ihnen nicht. Wenn doch, werden sie deine Briefe nicht bekommen.«

10

Siebenundzwanzig, zwölfeinhalb und zehn Jahre – denkbar un-
günstige Lebensalter für den Beginn einer Stiefmutter-Töchter-
Beziehung. Die Mädchen sind noch dazu in Trauer über den Verlust ihres vertrauten Lebens, ihrer Stadt, der Freundinnen und
Klassenkameraden, über die Trennung von ihrer Mama und ihrer Mutti. Wie soll man diese dritte Mutter überhaupt nennen?
Den Mädchen wird erlaubt, sie mit dem Vornamen anzuspre-
chen, Dorothée, oder auch Dörte. So komisch heißt in Wien niemand. Der Klang des Namens passt zu dieser neuen Welt. Das
hiesige Deutsch klingt affektiert, als müsste man dabei den kleinen Finger abspreizen. Es ist voller scharfer Kanten, stechender
Laute und lächerlicher Wörter. Dörte, Tüte, Brötchen, Müll.

Das bisherige Leben der Mädchen hatte sich in einem kleinen
Holzhaus in Russland abgespielt (Plumpsklo, Gatsch, Wasser aus dem Brunnen), danach im Hof eines Wiener Gemeindebaus (Klopfstange, Rollerfahren, Kellergruseln), dazwischen in Kinderheimen auf dem Land. Die Jüngere hat gerade
die vier Klassen Volksschule beendet. Die Ältere hat zwei Jahre lang die Hauptschule besucht. Mit einer geschickten Urkun-
denfälschung – vielleicht aber nur durch seine überzeugend vor-
gebrachte Behauptung, seine Tochter habe in Wien ein Gymnasium besucht – verständigt Karl sich mit der Direktorin des
Sophie-Scholl-Gymnasiums darauf, dass es aufgrund der unterschiedlichen Lehrpläne in Österreich und Deutschland sinnvoll
sein könnte, sie um einen Jahrgang zurückzustufen. Nach dem

kläglichen Abschneiden bei der Aufnahmeprüfung für die sechste Klasse empfiehlt die Direktorin, das Mädchen in eine Realschule zu geben. Würde Karl jedoch aufs Gymnasium beharren, könne sie nur anbieten, sie um ein weiteres Jahr zurückzustufen. Sie kommt also in die fünfte Schulstufe, in eine Parallelklasse ihrer kleinen Schwester. Gymnasium gehört unbedingt zum Status, an dem Karl mühsam bastelt in der Hoffnung, die immer noch beleidigten Schwiegereltern von sich zu überzeugen.

Der erste Tag in dieser neuen Klasse bringt eine Überraschung. Ein anderes Mädchen trägt den gleichen, hier völlig ungebräuchlichen Vornamen. Ihre Eltern stammen aus der Ukraine, sie waren als junge Zwangsarbeiter nach Bayern verschleppt worden, und nachträglich betrachtet war es vermutlich die richtige Entscheidung, dem Ruf zur Heimkehr in die Sowjetunion nicht zu folgen. Tausende ihrer Landsleute mit ähnlichem Schicksal wurden gleich von Grenzbahnhöfen weg als »Kollaborateure des Feindes« in sibirische und kasachische Lager gebracht, wo sie weiter als Arbeitssklaven ausgebeutet wurden – jetzt für das eigene Land.

Vorschlag der Klassenlehrerin: Die Neue möge sich einen Namen aussuchen, wegen der Unterscheidbarkeit, so wie bei den drei Monikas und den beiden Brigittes. »Und möglichst einen, der leicht auszusprechen ist.«

Sie denkt nach.

»Geht Luna?«

»Luna geht.«

Der Name wächst dem Mädchen an den Leib. Als Erwachsene wird sie Mühe haben, ihn allen wieder abzugewöhnen.

Das mit dem Gymnasium wäre also geschafft, das macht Karl Mut zu einer weiteren Gaunerei. Er bastelt oder bestellt sich ein falsches Dokument, aus dem hervorgeht, dass er ein Adeliger ist.

Dem Geschlecht eines kriegerischen Volksstamms in einer Bergregion in Bosnien würde er entstammen, die einst zum k. u. k. Imperium gehörte. Seinem Großvater – oder war es der Vater –, einem kaiserlichen Offizier, sei für besondere Tapferkeit von Seiner Kaiserlichen Majestät der erbliche (wichtig!) Titel eines Barons verliehen worden. In Österreich dürfe er seinen Adelstitel bekanntlich nicht mehr führen, in Deutschland aber sei das sehr wohl erlaubt. Fortan trägt jeder Briefkopf, jede Visitenkarte, jedes Türschild ein »v.« vor dem Familiennamen. Auch der Ehefrau und den Kindern wird dieses befremdliche »von« verpasst. Bis heute prangt es auf den Briefen oder Postkarten von Münchner Schulfreundinnen. Alle haben ihm diese Geschichte geglaubt.

Karl kommt damit seinem Ziel etwas näher: Die Schwiegereltern sind einigermaßen befriedet. Der Mann gefällt ihnen immer noch nicht, aber jetzt wenigstens sein Name. Auf ihrer Approbationsurkunde ist ihre Tochter eine »von«, sie bleibt es als praktizierende Ärztin, und es wird einst auf ihrem Grabstein stehen.

Das Kinderzimmer in der 180-Quadratmeter-Wohnung ist fast so groß wie die gesamte Wiener Wohnung. Heimweh hat hier viel Platz. Trotzdem fügt sich Luna, die ältere und verständigere der Schwestern, in ihr Schicksal, sie hat so etwas schließlich schon öfter erlebt: ein weiterer Ortswechsel, weitere Trennungen, neue Schule, neue Mutter.

Lara, die Zehnjährige, rebelliert. Gegen die junge Stiefmutter. Gegen das Gymnasium mit all den komischen Mädchen. Gegen das hochnäsige Getue mitsamt der spitzen Sprache. Gegen das Mehr-scheinen-als-Sein. Nachdem sie zum dritten Mal von der Polizei am Bahnhof aufgegriffen und zurückgebracht wird, bestimmt der Vater: Dann soll sie halt zurück nach Wien.

Die Schwestern sind fortan wie Erich Kästners doppelte Lottchen in einem ihrer Lieblingsbücher, sogar ihre Vornamen beginnen mit einem L. Auch ihre Eltern sind geschieden. Die eine lebt jetzt beim Vater, die andere bei der Mutter, die eine in München, die andere in Wien. Eine verblüffende frühe Erfahrung mit Literatur. Wie sie Zustände benennen, Erschütterungen und Gefühle beschreiben kann. Wie sie trösten und Visionen bauen kann. Nur wird in dieser echten Geschichte das Happy End ausbleiben.

Wie Luise und Lotte werden auch Luna und Lara in einem Ferienheim an einem See im Salzkammergut zusammentreffen. Von Sommer zu Sommer werden sie einander fremder. Zu sehr unterscheiden sich die beiden Welten, in denen sie jetzt getrennt voneinander aufwachsen.

11

Bei seiner Rückkehr nach Wien 1956 bringt Karl die russische Sprache als einzige Kompetenz mit. Seine Muttersprache hat er in den Straflagern großteils vergessen. Besonders beim Schreiben macht er unzählige Fehler. Er fragt auf der Straße nach einer Adresse. Auf dem Zettel, den er den Passanten hinhält, steht »Katerburggasse«, er hat es nach Gehör aufgeschrieben. Das Bezirksamt in der Gatterburggasse findet er an diesem Tag nicht.

Mit Verbissenheit stürzt er sich ins Lernen und legt an der Wiener Universität seine Diplomprüfung ab. Die Hilfsarbeiter-Existenz liegt hinter ihm, und er lässt sich Visitenkarten drucken mit dem Titel »Dipl.-Dolm.« vor dem Namen. Als er Dörte kennenlernt, hat er es bereits zu einer Anstellung als Auslandskorrespondent in einer Versicherung gebracht.

Ein Aufstieg erfordert neue Kleider, eine neue Körperhaltung, ein neues soziales Umfeld. Eine neue Frau war bereits gefunden. Auto und repräsentative Wohnung würden folgen. Aber die alten Freunde passen nicht mehr. Zwar waren sie, wie er, mit großen Plänen aus dem Exil zurückgekehrt. Bildung musste nachgeholt, ein Beruf erlernt, Geld verdient werden. Bei den meisten reicht die Kraft nicht sehr weit. Oft ist eine Familie zu versorgen, manchen haben die Lagerjahre die Gesundheit genommen, auch den Glauben an eine bessere Welt. Ein paar bleiben ungelernte Arbeiter, andere, die wie Karl ihre Sprachkenntnisse zu nutzen wissen, schaffen den Aufstieg zum Angestellten. Karl hat Größeres vor.

Die Treffen mit seinen »Russen« werden seltener. Karls Umzug nach Deutschland ist hilfreich bei der Herstellung von Distanz zum alten Freundeskreis. Bei seinen Besuchen in Wien taucht er auch weiterhin allzu gerne darin ein, wie in ein nostalgisches Bad. Hier kann er sich gehenlassen, seine wahre Herkunft spüren und den Austausch über die gemeinsame Kindheit und Jugend pflegen. Manche, nicht alle, können sogar darüber sprechen, was ihnen zugestoßen ist – Verhaftung, Verhöre, Gulag. Über Ungerechtigkeiten und Willkür, die das einst geliebte, verehrte System ihnen angetan hat. Mit wem sonst könnte er darüber sprechen? Seine Mutter will er schonen, die trägt ohnehin schwer an ihrer Schuld, ihre Kinder damals weggegeben zu haben. Dabei würde er sie gerne einiges fragen. Etwa, ob sie nicht ein klein wenig Erleichterung empfunden habe, die Kinder losgeworden und frei zu sein für die Parteiarbeit im Untergrund, die ihr immer so wichtig gewesen ist; oder warum sie so viel Wert darauf legte, dieses Klassenbewusstsein als Proletarierin an die nachfolgende Generation weiterzugeben. Ob es nicht besser gewesen wäre, ihren Kindern einen gesellschaftlichen Aufstieg zu ermöglichen? Ist es nicht dumm, auf Unwissenheit und Armut auch noch stolz zu sein?

Gleichzeitig weiß Karl, dass seine Eltern im »Roten Wien« durchaus Bildung, Kultur und Wohlstand für alle, besonders für die einfachen Leute, propagierten. Aber man hat ja gesehen, wo das hinführt, wie groß der Widerstand gegen diese Ideen war. Niemals würden es die »da oben« zulassen, ihre Ressourcen, ihr Wissen, ihr Kapital mit denen »da unten« zu teilen. Wer würde denn sonst die niederen Arbeiten erledigen?

Einen Aufstieg würden in diesem System nur einzelne Individuen schaffen können – solche wie er, Karl.

Mit seinem 1960 aus dem britischen Exil nach Wien zurückgekehrten Vater findet Karl keine Basis für eine Beziehung. Der ehemalige Schutzbundkämpfer, der nach dem blutigen Februar 1934 als Kommunist nach Prag und 1939 als Jude nach England geflüchtet war, brennt immer noch für die kommunistischen Ideen und hält Stalins Verbrechen für »Ausrutscher« oder »Späne, die beim Hobeln fallen«. Sein Sohn muss bei den ersten Wiederbegegnungen erfahren, dass seine Versuche, beim Vater Verständnis für seine bitteren Erlebnisse in der Sowjetunion und im Gulag zu wecken, abgewürgt werden. Der will nichts davon hören, es ihm nicht glauben, oder verdächtigt er ihn gar, dass womöglich doch etwas dran gewesen sein könnte an den Anschuldigungen? Oder sind seine Schuldgefühle, seine Söhne in die Hölle Stalins geschickt zu haben, so gewaltig, dass er vieles verdrängen oder schönfärben muss?

Die monatlichen Besuche in der kleinen Gemeindewohnung jenseits der Donau, die man dem zurückgekehrten jüdischen Exilanten als einzige Wiedergutmachung zur Verfügung gestellt hat, werden immer kürzer, die Gespräche der Männer mit dem gleichen Vornamen, die beide sonst gern politisieren, quälend harmlos. Der Umzug nach Deutschland entbindet den Sohn auch von dieser Pflicht und reduziert die Besuchsfrequenz auf ein- bis zweimal jährlich.

In München muss Karl sich neu erfinden, sich neue Kreise schaffen, eine völlig fremde Welt betreten. Da auch seine junge Frau neu in dieser Stadt ist und noch nicht Teil eines studentischen Freundeskreises, schließt sich das Paar erst einmal Personen aus dem Umfeld von Dörtes Tante an – Künstler, Musikerinnen, Lyriker, die noch keinen Erfolg hatten oder auch nie haben würden. Menschen sind darunter, die zu alt sind für die gerade aufkeimende Studentenbewegung, die sich später die 68er-

Generation nennen wird, sich aber dennoch aus dem bürgerlichen Mief lösen wollen und den nachlässigen Umgang mit ehemaligen Nazis kritisieren, die wieder zu schönen Posten oder satten Pensionen gekommen sind. Für Karl ist klar, dass das für ihn nur eine Zwischenstufe sein soll, denn eigentlich will er genau dorthin, wo diese wichtigen Posten und die guten Gehälter sind, in die Welt des Bürgertums, der Akademiker, der Wohlsituiertheit. Wenn Dörte mit dem Studium fertig und eine Frau Doktor sein würde, hätten sie mit ihrem Titel den Schlüssel zu den »besseren« Kreisen in Händen. Die Zeit bis dahin muss Karl gut nutzen.

Gleich in seinen ersten Münchner Tagen bewirbt er sich um eine Stelle in einem Übersetzungsbüro und wird sofort aufgenommen. Perfekte Zweisprachigkeit ist selten. Karl erkennt seinen Marktwert und wechselt rasch von Firma zu Firma, mit steigendem Gehalt. Sein erstes Auto ist gebraucht und nicht sehr chic, aber auf ein anderes Statussymbol kann er sich etwas einbilden. Er erfüllt sich einen Traum und mietet eine riesige Altbauwohnung in bester Lage, und das, noch bevor die Frau Doktor eine geworden ist. Die sorgt sich ein bisschen:

»Brauchen wir wirklich sieben Zimmer? Für die Miete geht fast dein ganzes Gehalt drauf.«

»Wir werden bald eine große Familie sein. Du bist doch einverstanden, wenn ich meine Töchter zu uns hole.«

Dörte schweigt.

»Zwei der Zimmer vermieten wir an Studentinnen.«

Dörte schweigt.

»Und ich habe eine Geschäftsidee.«

12

Karl gründet eine eigene Firma und lässt sie unter dem Namen »Verlag Wissenschaftliche Information« im Münchner Firmenbuch registrieren. Die einzige Publikation, die dieser Verlag viermal jährlich herausgibt, ist ein im Offsetverfahren gedrucktes und mit einer elektrischen Klammermaschine zusammengetackertes Heft von etwa dreißig Seiten. Die einzelnen Artikel sind nie länger als eine halbe Seite, und vermutlich verstehen nur Fachleute, worum es da geht. Es sind Zusammenfassungen von in sowjetischen Fachzeitschriften erscheinenden wissenschaftlichen Aufsätzen aus den Bereichen Bergbau, Hüttenwesen, Metallverarbeitung sowie aktuellen Forschungsergebnissen aus der Medizin- oder Weltraumtechnik.

Diese Heftchen verschickt Karl an namhafte große Unternehmen und internationale Konzerne im deutschsprachigen Raum, die über eigene Forschungsabteilungen verfügen. Zeigt jemand Interesse an einem Artikel, wird eine Übersetzung bestellt. Karl macht sich ans Werk und freut sich, wenn sich mehrere Auftraggeber für ein und denselben Artikel finden – einmal arbeiten, mehrmals kassieren. In der ersten Zeit arbeitet er abends und am Wochenende, neben seinem jeweiligen Job als Angestellter. Seine Idee ist einmalig, und die Auftragslage überwältigend. Der Westen und die Sowjetunion sind gerade im Begriff, sich wirtschaftlich anzunähern und militärisch an Entspannung zu denken. Erste Joint Ventures werden gegründet. Aber auch sonst ist man neugierig auf die neuesten technischen und wissenschaftlichen Entwicklungen in Russland, diesem unbekannten, exotischen, abgeschotteten Land, wo das Leben schlecht, aber der Flug ins All so greifbar nah ist.

»Wollt ihr euch was verdienen?« Sechzig Pfennige pro Stunde zahlt er seiner Tochter und ihrer Freundin für Sortieren der Bögen, Heften, Kuvertieren, Briefmarken aufkleben, zur Post bringen.

Eine typische Kurzfassung sieht so aus:

Die Maßgenauigkeit bei der Formgebung und die Steifigkeit von Stufen-Kaltstauchautomaten

E. D. Brodskij u. a., UdSSR

3 Tafeln, 6 Abb., ca. 18 SM-Seiten.

»Kuznecno-stampovocnoe proizw.«, 66, 12, 24

Bekanntlich hängt die Maßgenauigkeit der umgeformten Erzeugnisse von der Steifigkeit der verwendeten Ausrüstung und des Werkzeugs ab. Die Verfasser untersuchen in diesem Zusammenhang die Steifigkeit der Stufen-Kaltstauchautomaten: Änderung der Genauigkeitsabweichungen über die Höhe des Fertigungserzeugnisses in Abhängigkeit von der Steifigkeit; Bestimmung der Verformung der einzelnen Maschinenteile; Verhältnis der Werkzeugverformung zur Verformung des Preßautomaten; Richtsätze für die Steifigkeit der Stufenautomaten u. a. m.

Bestellnummer: M-1/597

Immer öfter beauftragen deutsche Firmen Karl mit Übersetzungen ihrer Korrespondenzen und Vertragsentwürfe. Schließlich erreicht ihn die erste Anfrage eines Konzerns, der medizinisches Gerät herstellt, ob er als Dolmetscher eine Delegation zu Verhandlungen nach Moskau begleiten würde. Russisch können andere auch, wenngleich nicht so perfekt, aber Karl kennt die Mentalität und Denkweise der Russen, und so ein Mann ist unbezahlbar.

Karl kündigt sein Angestelltenverhältnis und ist fortan sein eigener Herr. Für ihn öffnet sich jetzt das Tor zur Sowjetunion, und es sollte sich – bis auf eine Episode von zwei Jahren – nie mehr schließen.

13

Das Wiener Lottchen hatte sich seine Rückkehr nach Wien anders vorgestellt. Zu Laras Überraschung steht an diesem Frühlingstag 1967 die Mama am Bahnsteig des Westbahnhofs, und nicht die Mutti. Nina strahlt über das ganze Gesicht, ihre jahrelang gehegte Sehnsucht erfüllt sich. Endlich hat sie eine ihrer Töchter wieder. Die Zehnjährige fremdelt, aber das ist ganz normal, denkt Nina, sie war erst vier Jahre alt, als sie mir genommen wurde.

Lara will zurück in ihr gewohntes Leben, zur Mutti, mit der die Schwestern vor ihrer »Entführung« nach München mehr als zwei Jahre lang in einer Wohnung im legendären Karl-Marx-Hof gelebt hatten. Für Erika waren sie wie eigene Kinder, sie war sich sicher, dass sie sie großziehen würde, ihr Ex-Mann hatte ohnehin nur seine Karriere und seine junge deutsche Frau im Kopf.

Dieses gewohnte Leben hatte so ausgesehen: Erika, die bei einer großen Versicherung angestellt ist, holt nach Dienstschluss die Kinder vom Hort ab. Ein schneller Einkauf im »Konsum«, der auf dem Weg liegt, und sogleich macht sie sich ans Kochen eines einfachen Gerichts. Danach wird Mathe gepaukt, Waschen-Zähneputzen-Bett, mit der Aussicht auf die halbe Stunde Vorlesen ist das rasch erledigt. die »Stanisläuse«-Bücher erscheinen, eine allererste Serien-Erfahrung. Literatur – ein Suchtmittel. Die Städtische Bücherei – eine Quelle des Glücks.

Für Freizeitvergnügen und Freundschaften hat Erika wenig

Zeit. Einzig mit einer Nachbarin aus der Nebenstiege hat sie Kontakt. Deren Kinder und ihre Mädchen haben sich im Hort angefreundet. Auch Frau Hauser erzieht Sohn und Tochter allein und arbeitet in der nahe gelegenen Schokoladenfabrik. Die Frauen treffen einander fast täglich auf eine Zigarette. Einmal in der Woche hören sie gemeinsam den Radiokrimi. Die Kinder dürfen nicht stören, die Küche, wo das Gerät steht, ist für eine Stunde tabu. Im Kinderzimmer gibt es einen Kofferplattenspieler, dort hören die vier hingebungsvoll zigmal die schon arg mitgenommene Single »Barbara Ann« von den Beach Boys, sie tanzen dazu und wähnen sich am Puls der Zeit.

Im anschließenden Hof des riesigen, einen Kilometer langen Gemeindebaus wohnt eine Familie, die einen Fernsehapparat besitzt, und wenn die Quizsendung »Einer wird gewinnen« ausgestrahlt wird, geht der Mann Karten spielen, und es kommen ein paar Frauen zusammen. Eine bringt die Thermoskanne mit Kaffee, eine andere die Mehlspeis.

Ihre »richtige« Mama sehen die Mädchen nur alle vierzehn Tage. Das Sorgerecht wurde ihr entzogen mit der Begründung, sie könnte die beiden minderjährigen österreichischen Staatsbürgerinnen in ihre Heimat, die bolschewistische Sowjetunion, entführen. In der ersten Zeit brachte Erika die Kinder zu Nina und holte sie wieder ab. Jetzt läutet an jedem zweiten Samstag Nina frühmorgens an Erikas Tür, um von ihrem gerichtlich zuerkannten Umgangsrecht mit ihren Kindern Gebrauch zu machen. Da ist sie schon fast eine Stunde unterwegs, mit der Straßenbahn und der Stadtbahn vom zwölften in den neunzehnten Bezirk. Nach der Scheidung stand Nina ohne Wohnung da. Karls Freunde vermittelten sie an einen Ukrainer, dem sie den Haushalt führt und dafür bei ihm wohnen kann. Er ist Mieter einer winzigen, dunklen, ebenerdigen Zimmer-Küche-Kabinett-

Wohnung in einem ländlich anmutenden Randbezirk. Das Klo teilt man sich mit den kinderreichen Nachbarn, und Kaltwasser muss man bei der Bassena im Stiegenhaus holen. Wenige Häuser weiter stadtauswärts werden Schweine und Hühner gehalten, dort verbringen die Mädchen mit den Nachbarskindern aufregende Nachmittage. Mama überlässt ihnen für die Nacht ihr Bett und schläft auf der harten Küchenbank. Sie tischt die besten Speisen auf, und nach dem Essen spaziert man zum Eissalon. Die Mädchen tragen die Kleider, die die gelernte Schneiderin in der Zeit zwischen den Besuchen für ihre Töchter genäht hat. Ihre Bernina-Nähmaschine ist Ninas ganzer Stolz, Schweizer Mechanik, elektrisch. Sie hat lange gespart, um sie sich leisten zu können. Auf der Wiener Herbstmesse kauft sie sie zum reduzierten Messepreis. Den Kindern gefallen die Prinzessinnen-Kleider. Nach Erikas Geschmack sind sie nicht, oft gibt es Tränen, wenn es gilt, sich für die Schule anzukleiden. Bei Karls seltenen Wien-Besuchen belauschen die Kinder Erikas Klage: »Wenn die Kinder von Nina zurückkommen, habe ich tagelang Mühe, sie wieder einigermaßen normal zu kriegen. Und kaum ist das geschafft, steht schon wieder der Besuch bei ihr an.«

An den Erika-Wochenenden werden Spaziergänge gemacht, meist geht es zu den steinernen Löwen, die die Abzweigung der Donau in den Donaukanal bewachen. Dabei bringt Erika den Mädchen Arbeiterlieder bei, dazu marschiert es sich leichter. »Brüder, zur Sonne, zur Freiheit«. Die Kleine fragt, ob die Schwestern auch ein Lied hätten. »Klar!« Sie lernen »Bread and Roses«, auf Englisch. Erika übersetzt den Text, die Große denkt: Wir haben es gut, bei uns gibt es immer Brot, und in der Vase im Wohnzimmer steht immer eine Blume, meistens eine Nelke, und wenn Besuch aus Deutschland da war, eine rote Rose.

Dieser Besuch kommt aus Köln. Erika und ihre Freunde im

Kinderheim nannten ihn Leonhard, um ihn von einem anderen Wolfgang zu unterscheiden, und sein Nachname klingt ja auch wie ein Vorname. Er war 1935 mit seiner kommunistischen Mutter aus Deutschland vor den Nazis nach Moskau geflüchtet und lebte in der ersten Zeit mit ihr im Hotel Lux, wo viele Politemigranten untergebracht waren. Bald darauf wurde seine Mutter verhaftet und zu zwölf Jahren Arbeitslager im sibirischen Workuta verurteilt. Ihr Sohn fand Aufnahme im Kinderheim der österreichischen Schutzbundkinder und freundete sich mit dem gleichaltrigen Slavko an.

Später hat er über sein Leben ein Buch geschrieben und darüber, wie politische Verhältnisse menschliche Schicksale bestimmen.

Die Mädchen in ihren Stockbetten belauschen atemlos, was nebenan gesprochen wird. Der Mann mit der angenehm tiefen Stimme berichtet von seiner Arbeit, seinen Büchern und Vorträgen und von den Reisen in alle Welt. Spannend wird es, wenn Erika und ihr Besucher ins Russische wechseln. Die Erwachsenen glauben, die Kinder hätten ihre Muttersprache längst verlernt. Gleich nach dem Umzug nach Österreich haben Vater und Großmutter ihnen Deutsch als alleinige Sprache verordnet. Russisch war verboten, aus Sorge, die Kinder würden als Ausländerinnen ausgegrenzt. Aber gerade die Ältere hat ihre erste Sprache nie vergessen. Einzig der aktive Wortschatz ist steckengeblieben auf dem Niveau eines Kindes.

Wolfgang und Erika trinken starken schwarzen Tee und löffeln dazu flüssige Sauerkirschmarmelade, die Erika nach einem sibirischen Rezept eingekocht hat. Sie reden über ihre fünf gemeinsam verbrachten Jugendjahre, bringen sich Anekdoten in Erinnerung, spüren glücklichen und schmerzlichen Erinnerungen nach. Die Rede ist von gutmütigen und strengen Betreuerinnen, von Disziplin und freier Entfaltung ihrer Talente, vom wahren und vom entgleisten, vom idealen und missbrauchten Sozialismus. Sie berichten einander von ihrem so unterschiedlichen Werdegang nach der Auflösung des Kinderheims im Jahr 1939.

Der Klang von leicht aneinandergestoßenen Gläsern, Lachen, Flüstern, dann folgen Geräusche, die ein Kind nicht zuordnen kann. Es schlummert sich selig ein, wenn nebenan Menschen wach sind und gut miteinander.

Dann kommen die Sommerferien 1966. Karl holt seine Töchter nach München und bringt sie zu Schulbeginn nicht mehr zurück. Er nimmt Erika die Kinder weg, Nina nimmt er sie gleich ein zweites Mal. Denn sie wird ihr Besuchsrecht nicht ausüben können.

Nachdem die Kinder wegbleiben, treffen sich Erika und Nina noch ein paarmal. Sie sind jetzt Leidensgenossinnen.

Nina versucht sich mit Hilfe eines Wörterbuchs an Briefen.

September 1966

Lieben Töchterlein!!
Meine Golubtschiki Täubchen.

Mir freut sehr, wenn Ihr ferschtehen meine Briefe und ich Danken Lieber Gott für Hilfe in Deutscher Sprache. Ich schäme mich, aber bitte lachen Ihr nicht über meinen Briefe. So schwer ist mir Deutsch schreiben.

Ich habe am 6. September Daumen gehalten, wie hast ausgegangen? In Schule, oder Gymnasium?

Was ihr brauchen, ich schicke. Hoffentlich Lara kleinen Tiger bekommen mit verschpetung. Größere habe ich nicht

gefunden. Aber in diesem kleinen Tieger sehr große Liebe von
Mama gewesen.

Schreiben mir ob alles verschtanden aus diesem Brief?

Nun mache ich ende und wünsche Euch
alles liebe und Freude.
Mama

Oktober 1966

Meine Töchterlein!
Meine Täubchen!!! (Golubtschiki)

Vielen Dank für Euren lieben Briefen. Hoffentlich könnt Ihr
meine Brief lesen, so schwer ist mir Deutsch schreiben. Ich
möchte so viel fragen. Wie geht Euch. Uns geht es gut außer
eines, bei Wochenende ich finde keine ruhe, freut mir gar nichts.
Eure Taschengeld natürlich ich schicken. Wieviel kostet,
überhaupt, ein Hund?

Was sollen ich mit Faradl machen und euren Sachen?
Telefonieren von mir kann ich nicht, 2. Bezirk hat noch keine
Verbindung erst ab März 1967 ich bekomme Apparat.
Hoffentlich können sie alles fersteen was habe ich geschrieben.
Ich ungeduldig warte auf Antwort.

Vielen Tausend Bussi
Mama

Als Karl beschließt, die Jüngere an Nina zurückzugeben, lautet eine seiner Bedingungen: absolut kein Kontakt mehr zu Erika. Geht er so seinem schlechten Gewissen aus dem Weg, weil er Erika gegenüber wortbrüchig geworden ist? Immerhin hatte er ihr versprochen, sie könne die Kinder großziehen. Fürchtet er, dass seine Lügen auffliegen, die er sowohl den Kindern als auch Erika gegenüber geäußert hat? Vermutlich all das zusammen, und das nennt sich wohl – Feigheit.

14

Liebe Luna!

Dieser Name gefällt mir.

Du fragst nach der Mutti. Nein, die hab ich kein einziges Mal mehr gesehen. Auf der Fahrt nach Wien hat Papa gesagt, die Mutti will uns nicht mehr, darum bringt er mich zur Mama. Ich wollte ja in den Karl-Marx-Hof zurück. Daß ich jetzt bei der Mama bin, hab ich mich gewöhnen müssen, und an ihren komischen Vermieter den Grischa.

Gleich am zweiten Tag bin ich zum Karl-Marx-Hof gefahren, heimlich. Ich hab mich im Hof auf ein Bankerl gesetzt und so lang gewartet bis es ganz dunkel und kalt geworden ist. Aber die Mutti hab ich nicht gesehen, auch nicht die Frau Hauser oder die Jany-Kinder. Als wären alle ausgezogen, die ich kenn. Seitdem war ich nicht mehr dort.

An die neue Schule hab ich mich schnell gewöhnt. Ich gehe in die Pazmanitengasse in den A-Zug Hauptschule. Das ist viel besser als das Gymnasium in München. Ich bin halt eine gscherte Wienerin. Hoffentlich verlernst du nicht Wienerisch. Schon komisch, ich habe eine Schwester, aber ich habe keine. Hoffentlich sehen wir uns oft. Bald ist Weihnachten.

100000 Bussi, Deine Lara

An Ninas Besuche im Kinderheim kann Lara sich nicht mehr erinnern. Sie kennt sie nur von den vierzehntägigen Treffen, als sie bei »Mutti« im Karl-Marx-Hof lebte. Sie muss sich erst wieder an die »Mama« gewöhnen. Störend ist der grobe Mann, Grischa, an den Nina von Karls Freunden nach der Scheidung als Haushälterin vermittelt wurde. Grischa spricht, obwohl er jetzt schon mehr als fünfzehn Jahre in Österreich lebt, immer noch kein Deutsch, und selbst in seiner Muttersprache kann er weder lesen noch schreiben, gerade dass er eine krakelige Unterschrift zustande bringt. Er ist vor der Revolution in der ukrainischen Provinz geboren und hat keine Schule besucht, seine Eltern brauchten ihn als Arbeitskraft.

Als Karl Nina mitteilt, sie könne Lara zu sich holen, kann sie ihr Glück kaum fassen. Er macht zur Bedingung: ein eigenes Zimmer für das Kind.

Nina stellt Grischa vor die Wahl:

»Meine Tochter kommt, und vielleicht auch bald schon die zweite. Wenn du möchtest, dass ich dir weiter den Haushalt führe, brauchen wir eine große Wohnung, mit Bad und Klo und Kinderzimmer.«

Rasch ist sie gefunden, die geräumige Drei-Zimmer-Altbauwohnung im zweiten Bezirk. Liebevoll richtet Nina das Kabinett für ihr Kind ein. Als Lara kommt, besteht sie auf einem eigenen Zimmerschlüssel, sie fürchtet sich vor dem großen Mann mit der polternden Stimme und den groben Manieren.

Grischa legt Wert auf Sparsamkeit. Erlaubt ist ein warmes Vollbad pro Woche, und telefoniert werden darf nur im Notfall. Damit das Mädchen keine langen Gespräche führen kann, sperrt er den Apparat in einen Koffer. Lara ist geschickt, sie findet bald heraus, wie sie »abheben« kann, indem sie den Koffer kippt. Dann sitzt sie, das Ohr gegen den Koffer gepresst, und

plaudert mit lauter Stimme mit einer Freundin oder der Großmutter. Manchmal gelingt es ihr sogar, den Hörer wieder auf
die Gabel zu werfen, meist aber nicht. Oft beschweren sich die
Nachbarn, mit denen man sich einen Anschluss teilt, dass dauernd besetzt ist.

15

Die elegante Wohnung in München hat eine prominente Adresse. Neben dem Eingang zum Haus Barerstraße 37 verkündet ein
schwarzes Metallschild, dass hier in den Jahren 1919 bis 1931
der Schriftsteller Oskar Maria Graf gewohnt hat. Er und zahl-
reiche andere Künstler verkehrten im »Schellingsalon« an der
nächsten Ecke. Ödon von Horváth hat diesem Lokal in seinem
Roman »Der ewige Spießer« ein Denkmal gesetzt. Es wurde im
19. Jahrhundert nach dem Vorbild eines Wiener Kaffeehauses
eingerichtet, und Karl holt sich hier immer wieder eine Portion Heimatgefühl – auch wenn ihm der Kaffee nicht schmeckt.
»Die Deutschen können nur Wischerlwasser.«

Manchmal wird Luna abends in das verrauchte Lokal geschickt, um zwei Flaschen Bier oder eine Flasche Hauswein zu
holen. Mit ihrer Freundin geht sie heimlich nachmittags hin,
lernt Billard spielen, und vor dem Lokal ist die Straßenbahnhaltestelle, an der sie sich zum gemeinsamen Schulweg treffen.

Bis auf die üblichen Probleme mit der Schule, der Stiefmutter, dem strengen Vater und der Pubertät läuft der Alltag der
Vierzehnjährigen einigermaßen gemächlich dahin. Aus ihrer
Prägung durch Eltern und Großeltern glaubt Luna zu wissen,
wer Freund und wer Feind ist, wer sich für Gerechtigkeit ein-
setzt und wer für Unterdrückung verantwortlich ist. Sie ist froh,
auf der »richtigen« Seite geboren zu sein – ihre Freundinnen
tragen mehr oder weniger schamhaft das Geburtsmal schuldig
gewordener Väter oder mitgelaufener Mütter. Die Frage, wie

sie selbst gehandelt hätten oder handeln würden, stellt sich den Teenagerinnen nicht. Denn die Zeiten, in denen man mutige oder feige Entscheidungen würde treffen müssen, scheinen ein für alle Mal vorbei. Es herrschen Frieden und Wohlstand. Und dann brennt es plötzlich auf der Straße, direkt unter dem Fenster des Kinderzimmers.

Die Vorgeschichte beginnt am 11. April 1968. Am Nachmittag des Gründonnerstags schießt in Berlin ein Arbeiter dem Sprecher des Sozialistischen Deutschen Studentenbunds in den Kopf. Rudi Dutschke bleibt neben seinem Fahrrad schwer verletzt liegen. Jahrelang wird er an der Gehirnverletzung leiden und schließlich daran sterben. Die Boulevardzeitungen, allen voran die Blätter der Axel-Springer-Presse, hatten lange vor diesem Gründonnerstag mit Worten auf Dutschke und auf die gegen den Nazimief, den Vietnamkrieg und die Übermacht von Konzernen protestierenden jungen Leute geschossen. Der *Bild*-Zeitungsleser Josef Bachmann aus München mag sich bei seiner täglichen Lektüre aufgefordert gefühlt haben, diese verhasste Person – die er freilich nicht persönlich kannte – wegzuräumen. Er fährt nach Berlin.

Die Kunde über das feige Attentat erreicht München. Spontan versammelt sich abends eine Menschenmenge und zieht als Protestzug zum Buchgewerbehaus an der Ecke Barer- und Schellingstraße. Wo einst das nationalsozialistische Hetzblatt *Völkischer Anzeiger* und Hitlers *Mein Kampf* gedruckt wurden, befindet sich jetzt die Münchner Druckerei und Auslieferung der *Bild*-Zeitung. Luna bekommt in dieser Nacht nichts mit von dem Radau, der sich schräg gegenüber abspielt. Das Gebäude soll um Mitternacht herum gestürmt worden sein, angeblich sind wütende Demonstranten bis in die Büros vorgedrungen und haben Aktenordner und Papierstapel aus den Fenstern in

den Hof geworfen. Weil niemand damit rechnet, dass Betriebs-
fremde bis in die Redaktionsräume vordringen könnten, kommt
die Polizei fast eine Stunde zu spät und findet verwüstete, aber
menschenleere Räume vor.

Am nächsten Tag, dem Karfreitag, beginnt es bereits um
zwanzig Uhr unruhig zu werden. Luna ist um diese Zeit noch
wach. Sie hat mit Dörte und der vierjährigen Schwester Eier be-
malt und Osternester gebastelt. Gerade hat sie es sich mit einem
Buch im Bett gemütlich gemacht, als die Geräusche von der Straße ihre Aufmerksamkeit wecken. Die nächsten Stunden wird
sie am Fenster verbringen und das Treiben gegenüber beobach-
ten. Sie hat keine Ahnung, worum es hier geht. Sie sieht, wie
junge Leute vom eingerüsteten Nebenhaus Stangen, Holzbret-
ter, Ziegelsteine, Rohre und Zementsäcke über die Straße tragen und vor dem breiten Tor auftürmen. Aus dem nahe gelegenen Park schleppen sie sogar eine Parkbank herbei. Diesmal
ist die Polizei schneller. Ein riesiges graues Ungetüm rollt aus
der Innenstadt heran, zwei Beamte halten einen Schlauch. Luna
ist entsetzt, mit welcher Kraft der Strahl Menschen und Dinge
wegspült. Sobald Gehsteig und Straße frei sind, öffnet sich das
Rolltor, und ein Lastwagen fährt heraus. Die *Bild*-Zeitung kann
ausgeliefert werden.

Es sind unruhige Ostern. Im ganzen Land finden am Sonntag Demonstrationen und kleinere Straßenkämpfe statt. Got-
tesdienste werden durch laute Rufe und Aufrufe gestört. Man
möge sich am Abend versammeln und die Auslieferung der
Bild-Zeitung verhindern. Die Polizei rüstet auf und verpflichtet
Kollegen zum Feiertagsdienst.

Den Nachmittag des Ostermontags hat Luna bei ihrer Freundin in der Türkenstraße verbracht. Auf dem Heimweg wird ihr
an der Ecke zur Barerstraße das Weitergehen verwehrt. Hier hat

die Polizei eine Straßensperre errichtet. Ein Beamter geleitet sie bis zu ihrem Haustor. Das Gebiet rund um das Buchgewerbehaus ist abgeriegelt. Die Polizei hat die Aufgabe, die Wege für die Lieferwagen der *Bild*-Zeitung frei zu halten. Hinter den Absperrungen sammeln sich bei Anbruch der Dunkelheit immer mehr Menschen.

Beim Abendessen möchte Luna wissen, was sich da unten eigentlich abspielt.

»Die Studenten machen einen Aufstand. Und du bleib vom Fenster weg, womöglich wird geschossen.«

Es ist ein milder Frühlingsabend. Natürlich postiert Luna sich am offenen Fenster, aber durch die Absperrungen bleibt der Bereich vor dem Haus leer. Doch Ruhe herrscht nicht. Sprechchöre und Trommeln sind zu hören. Musik weht immer wieder heran. Am nächsten Tag erfährt Luna von ihrer Freundin, dass es in der Türkenstraße ein Gedränge gegeben hat. Friedlich auf der Straße sitzende Demonstranten wurden gepackt und in vergitterte Wagen gestoßen. Gegenstände flogen durch die Luft, und auch der Wasserwerfer kam wieder zum Einsatz.

Dann wird bekannt, dass zwei Menschen schwer verletzt in Krankenhäuser gebracht wurden. Einer von ihnen, ein Journalist, stirbt kurz darauf, der andere, ein Student, nach zwei Tagen. Bürgermeister, Polizei und die Presse behaupten, der tödliche Steinwurf und der Schlag seien durch Demonstrierende geführt worden, die Untersuchungen dazu werden ungewöhnlich schnell eingestellt.

Zu Hause sind keine Informationen zu bekommen, weder Karl noch Dörte scheinen besonderes Interesse an den Vorkommnissen zu haben. Die ältere Schwester der Freundin hat schon einen Freund, und der bringt Flugblätter und Schriften von Studienkollegen, die die jüngeren Mädchen begierig lesen, aber sie verstehen fast nichts. Luna spürt, dass dieses Geschehen direkt vor der Haustür eine Erschütterung bewirkt hat, ein allmähliches politisches Erwachen.

Für jene, die aktiv dabei waren, markieren diese Ostertage ebenfalls eine Zäsur. Während sich einige enttäuscht und verächtlich von der »Spaß-Guerilla« abwenden, sich radikalisieren und als Mitglieder der »Roten Armee Fraktion« in den bewaffneten Kampf ziehen – oder zumindest mit der RAF sympathisieren –, versuchen andere, sich mit Arbeitern und Gewerkschaften zu solidarisieren, um eine breitere Basis zur Durchsetzung politischer Ziele zu schaffen.

16

Im Herbst 1968 ist Dörte wieder schwanger, mit Zwillingen.

»Wenn es dich gibt, Liebergott, dann mach zwei Mädchen«, denkt Luna manchmal in dieser Zeit der Kämpfe mit dem strengen Vater, der ihr dauernd Hausarrest aufbrummt und nicht möchte, dass sie in falsche Kreise gerät. Es ist die Zeit der Beschämungen, in der ihr Körper ständiger Beobachtung und Bewertung ausgesetzt ist.

Pass auf, dass du nicht zu dick wirst.

Eine Frau ist entweder schön oder gescheit. Du solltest also viel lernen.

Wenn eine Frau das erste Mal mit einem Mann schläft, hört sie auf zu wachsen.

Bald geh ich mit dir in eine Bar, und dann glauben alle, du bist meine neue Freundin.

»Wenn es dich gibt, lass es zwei Mädchen sein!«

Eines Dienstags ertönt mitten in der Religionsstunde der Gong, Luna wird ins Sekretariat gerufen. Auf dem Weg dorthin geht sie ihre Verfehlungen durch – die gefälschte Unterschrift? Das Schwänzen neulich? Der abgefangene Blaue Brief? Oder ist zu Hause etwas passiert?

Die Direktorin macht ein mitfühlendes Gesicht. »Deine Mutter hat angerufen. Du hast die Periode gekriegt. Du kannst gleich nach Hause gehen.«

Luna geht aufs Klo, nachschauen. Tatsächlich, Blutflecken in der Unterhose, nicht sehr viel. Zurück in die Klasse, die Schultasche holen. Mit hochrotem Gesicht huscht sie rein und wieder raus, neugierige und feixende Blicke im Rücken.

Dörte erwartet sie an der Straßenbahnhaltestelle und nimmt sie mit in die Apotheke. Eine Packung Camelia-Binden bitte, und einen Monatsgürtel – ein Gummiband für die Taille mit Metall-Befestigungen vorne und hinten. Alles wird diskret in Papier verpackt, das Logo scheint trotzdem durch.

Daheim zeigt Dörte ihr, wie sie ihre blutigen Unterhosen einen Tag lang in kaltem Wasser samt speziellem Waschpulver einweichen muss, in einem eigenen Kübel mit Deckel. Dort schwimmt bereits das verräterische Leintuch. Dörtes Worte »Du bist jetzt eine Frau« machen das Ganze noch viel peinlicher.

Zum Geburtstag wünscht Luna sich ein Fahrrad. Die meisten Gleichaltrigen haben eines. Sie kann sich sicher sein, dass sie es bekommen wird, ihr Vater und Dörte bemühen sich nicht sonderlich, es vor ihr geheim zu halten. Sie freut sich und fiebert dem Tag entgegen.

Als sie von der Schule nach Hause kommt, steht im geräumigen Vorzimmer eines, aber vor Enttäuschung stockt ihr fast der Atem. Es ist ein hässliches gelbes Klapprad, wie Rentner es auf Sonntagsausflügen benutzen, mit kleinen Rädern und ohne Gangschaltung, das uncoolste Teil der Welt. Sie weiß augenblicklich, dass sie nie damit fahren wird, niemand aus ihrem Freundeskreis darf es je zu Gesicht bekommen.

Karl führt stolz vor, wie es sich mit Hilfe eines mitgelieferten Werkzeugs zusammenlegen lässt.

»Man kann es ganz leicht im Auto mitnehmen.«

Luna muss Freude heucheln, weil sich das so gehört. Dabei könnte sie heulen vor Wut auf ihren Vater, und gleichzeitig hat sie eine Art Mitleid mit ihm, weil er so gar keine Ahnung zu haben scheint, was ihr oder überhaupt jungen Menschen gefällt. Auch auf Dörte ist sie sauer, weil die doch selber jung ist und es besser wissen könnte.

Luna findet heraus, in welchem Geschäft das Rad gekauft wurde, und tritt in Verhandlungen mit dem Verkäufer. Er ist bereit, es gegen ein anderes zu tauschen. Wie vermutet, ist das Klapprad das billigste Modell, das zu haben ist. Sie braucht auf der Stelle neunzig D-Mark. In ihrer Verzweiflung wird sie erstmals kriminell. Aus der Kassa in Vaters Büro klaut sie ein paar Scheine, gerade so viel, dass es zusammen mit ihrem Ersparten reicht, das eigentlich für den Besuch des Musicals »Hair« und eine Schallplatte gedacht war. Das eingetauschte Rad ist rot, hat eine Dreigangschaltung, normale Räder – und macht glücklich. Karl bemerkt nichts, oder er tut nur so – das weiß man bei ihm nie. Das rote Rad parkt Luna in einem Schuppen im Hinterhof, und ihr Vater verliert nie ein Wort über Fahrräder oder Portokassen.

Vielleicht gehen Karls Geschäfte gerade nicht so gut, oder Dörte will keine Untermieterinnen mehr dulden? Im Frühling 1969 zieht die Familie um. Die neue, viel kleinere Wohnung liegt im ruhigen Stadtteil Bogenhausen in einer gerade erbauten Anlage. Luna kann überhaupt nichts Gutes daran finden. Der Weg in die Schule ist weit, und die Nachmittage verbringt sie jetzt meistens allein. Sie kann ihre Freundin nicht mehr jeden Tag besuchen und fühlt sich zum ersten Mal im Leben einsam.

An der Bushaltestelle werden Zettel verteilt. Ein Jugendzentrum hat eröffnet und lädt die jungen Leute des Stadtteils ein. Da geh ich hin, beschließt Luna. Sie sagt es ihrem Vater, weil der immer alles genau wissen will.

»Was ist das? Wer macht das? Wo ist das? Wofür ist das?«

Dann braucht sie noch ein paar Tage, um ihre Scheu zu überwinden, schließlich fasst sie sich ein Herz und betritt das Jugendzentrum. Sie bleibt lange im Eingangsbereich stehen, liest sämtliche Ankündigungen am Infobrett, dann geht sie weiter, setzt sich allein an einen Tisch und tut so, als würde sie konzentriert in einer der Zeitschriften lesen, die dort aufliegen. In der Nähe spielen ein paar Burschen Tischfußball.

»Stell dir vor«, sagt einer, »da war neulich ein Alter da, der wollte sich umschauen. Seine Tochter will herkommen, aber er muss vorher überprüfen, ob er sie herlassen kann.«

Gelächter.

»Und was glaubst, erlaubt er es?«

»Werden wir ja sehen. Man darf gespannt sein, was das für ein Töchterl ist.«

Gelächter.

Luna wird eiskalt. Sie möchte auf der Stelle unsichtbar werden. Sie zwingt sich, noch eine Minute sitzen zu bleiben, dann schlendert sie zur Toilette und hält lange ihre Hände unter den warmen Strahl. Nicht einmal ihrem Spiegelbild kann sie jetzt in die Augen schauen. Dann geht sie direkt zum Ausgang, um nie wieder zurückzukehren.

Im Juli landen die ersten Menschen auf dem Mond, und Dörte bringt Zwillingsbuben zur Welt. Dass es keinen Gott gibt, hat Luna längst geahnt, aber jetzt hat er auch seine letzte Chance verspielt.

17

Wenige Tage nach der Geburt der Zwillinge wartet ein großes Abenteuer auf die Schwestern. Karl hat Nina erlaubt, sich einen lange gehegten Wunsch zu erfüllen und mit ihren Töchtern in ihren Geburtsort Kursk zu fahren, um ihre Verwandten zu besuchen. Karl kann sich inzwischen sicher sein, dass die Fünfzehn- und die knapp Dreizehnjährige auf keinen Fall dortbleiben würden, selbst wenn Nina so etwas im Sinn haben sollte.

Er sollte recht behalten. Um nichts auf der Welt würden die westlich verwöhnten Kinder in dieser schiefen, staubigen, schlecht riechenden Stadt leben wollen.

Bei allem Widerwillen und aller Fremdartigkeit spürt Luna aber doch etwas irritierend Vertrautes. Der Geruch im Haus und am Fluss, Stimme und Hände der Babuschka, das »Rote Eck« mit der Ikone spülen Erinnerungen herauf, und das in einem Lebensalter, das eigentlich noch nicht anfällig ist für Nostalgie.

Die Mädchen bemerken die bewundernden und neidischen Blicke auf ihre Kleidung und auf ihr Anderssein, ihr Westlichsein. Hier sind die Unterschiede der Schwestern mit einem Mal fortgewischt, hier erleben sie sich wie von der gleichen Sorte. Sie verteilen gnädig Kaugummi und Strumpfhosen an die dankbare Verwandt- und Nachbarschaft und fühlen sich als etwas Besseres. Lara war zu jung, als dass sie ihre Muttersprache erinnern würde. Luna ist nach wenigen Tagen wieder darin eingetaucht.

Die Verwandten sehen die Mädchen immer noch so, wie sie vor einem Jahrzehnt bei ihrer Abreise gewesen sind – gewach-

sen sind sie halt. Luna dagegen spürt, dass fast nichts davon üb-
rig ist. Als sei ihr eine neue Haut gewachsen, und nur noch ein
winziger Kern alter Herkunft verbirgt sich noch irgendwo tief
drinnen. Dieses Gefühl ist warm, aber auch störend, sie kann es
nicht brauchen. Sie hat doch schon zwei Heimaten – wie viele
passen in einen Körper?

Als Luna nach dem vierwöchigen Aufenthalt in ihrer Geburts-
stadt, der ihr viel zu lang erscheint, nach München zurückkehrt,
plant die Familie gerade wieder einen Umzug. Zu glauben, dass
die Neubausiedlung in Bogenhausen der richtige Wohnort sein
könnte, hat sich bald als falsch erwiesen. Karl braucht die Stadt,
den Trubel, und den repräsentativen Altbau mit Eichenparkett
und Flügeltüren. Die Wohnung in der Karl-Theodor-Straße ist
noch größer als jene in der Barerstraße. Ein Balkon zieht sich
fast um die gesamte Eckwohnung herum. Der eine Teil geht
zur Straße, gegenüber steht ein moderner Kirchenbau. Auf den
Glockenturm wird Karl in einer Silvesternacht mit seiner in
Tschechien gekauften Pistole schießen, weil ihm das Geläut auf
die Nerven geht. Vom anderen Teil des Balkons geht der Blick
direkt auf den Luitpoldpark, und dahinter liegt Lunas Schule,
das Sophie-Scholl-Gymnasium. Nur dass sie jetzt nicht mehr in
diese Schule gehen wird, dort ist sie gerade rausgeflogen. Geo-
graphie und Französisch machen das abschließende Kreuzzei-
chen über ihre Gymnasialkarriere, die Karl so wichtig war, dass
er seine Tochter zwei Jahre hat verlieren lassen.

Enttäuscht meldet er sie in der nächstbesten Realschule an,
sie soll dort nach der zehnten Schulstufe wenigstens die Mitt-
lere-Reife-Prüfung ablegen. Luna spürt schon am ersten Tag,
dass etwas nicht stimmt. Sollte der Unterschied zwischen Gymnasium und Realschule wirklich so groß sein? Nach Wochen

erst kommt man drauf, dass Karl den falschen Zweig erwischt hat, in Österreich würde man »Knödelakademie« dazu sagen. Also noch ein Schulwechsel, aber immerhin hat Luna Maschinschreiben gelernt, was sie später gut gebrauchen wird können. Nur die oberste Zeile auf der Tastatur, die der Zahlen und Zeichen, fehlt ihr zum kompletten Zehnfingersystem, da war sie schon in die Salvator-Realschule gewechselt, und dort wird das nicht unterrichtet.

18

Liebe Luna!

*Ich sitze jetzt an Großmuttis Küchentisch, wo ich grad wohne.
In der Alliiertenstraße hab ich es nicht mehr ausgehalten.
Bisher hat mich Grischa nur angeschrien und mir alles
mögliche verboten. Aber ich habe Angst, daß er einmal
womöglich zuschlagen wird, so wie bei Mama manchmal. Ich
verstehe nicht, daß sie bei ihm bleibt. Weil sie sich keine eigene
Wohnung leisten kann. Dabei verdient sie in letzter Zeit gut.
Ihre Kolleginnen sind gegen sie, dort hat sie keine Freundin.
Sie arbeitet ihnen zu schnell, sagen sie. Weil sie will die Prämie
unbedingt kriegen. Aber dann verlangt der Chef, daß die
anderen auch schneller sind. Ich glaube, daß sie nicht von
ihm weggeht, weil sie sonst niemanden hat auf der Welt.*

*Das Leben bei der Großmutti ist auch nicht so schön.
Sie zwingt mich zwar nicht mehr, jeden Tag einen halben
Liter Milch zu trinken (erinnerst Du Dich noch, Du hast oft
gespieben), aber es gibt immer noch Sachen, zu denen sie mich
zwingt. Zum Glück ist sie viel beschäftigt mit ihrem Studieren.
Dauernd tippt sie seitenweise ihr Stenogramm aus den Vorlesungen ab, mit vielen Florblatt-Kohlepapieren dazwischen,
da muß sie ganz schön draufhauen, und dann jammert sie,
daß ihr die Gelenke weh tun. Die Skripten verteilt sie an ihre
Kollegen, und die sind dann ihre Freunde.*

Manchmal bekommt sie Besuch von Pfarrern aus ihrer

alten Arbeit, am öftesten kommt Hans Rieger mit Bischofsbrot von der Aida, dazu trinken sie Löskaffee mit Obers. Ich darf sie nicht stören. Wenn er wieder gegangen ist, ist sie immer ganz aufgeregt und erzählt viel von früher. Wie sie den Pfarrer Rieger im Gefängnis kennengelernt hat, und wie er ihr in schweren Zeiten geholfen hat, und wie sie zusammen gegen den Hitler waren, und in was für einer großen Gefahr sie waren. Daß sie den Walter versteckt haben und ihm das Leben gerettet haben. Sie haben seinen Selbstmord in der Donau vorgetäuscht, und wie er aber dann nach dem Krieg, wo alles wieder gut gewesen ist, nicht froh und glücklich hat werden können und sich richtig umgebracht hat.

Ich will eigentlich nicht dauernd diese Geschichten hören. Ich kenn eh schon alles.

Mich will sie immer beschützen, aber das führt dazu, daß ich nichts tun darf. Wenn ich mich ein bißerl verspäte von der Party im Jugendtreff, wartet sie ganz hysterisch und sagt, sie wollte schon die Polizei anrufen. Lang halt ich das nimmer aus und zieh wahrscheinlich wieder zur Mama.

Das ist jetzt aber ein langer Brief geworden. Schreib Du auch was von Dir. Wie ist es so, kleine Brüder zu haben? Auf dem Foto schauen sie so herzig aus.

1000 Bussi, Deine Lara

19

Knapp zwei Jahre hält Lara bei Nina und Grischa durch, dann flüchtet die dreizehnjährige Hauptschülerin zur Großmutter. Auch dort wird sie kein warmes Heim finden, aber Eva gewährt ihr Einblick in eine Welt, die ihr bis heute wertvoll geblieben ist.

Mit 55 Jahren geht Eva in Frühpension. In der Zeit des Austrofaschismus war sie mehrmals in Haft und sie leidet lebenslang an den Folgen der Folterungen, die sie dort erdulden musste. Sie legt die Matura in der Arbeitermittelschule ab und immatrikuliert sich sogleich für ein Studium der Rechtswissenschaften, was sie zur damals ältesten Studentin Österreichs macht. Als Lara zu ihr zieht, hat sie ihr Studium fast schon erfolgreich abgeschlossen. Mit 66 Jahren hat sie sich ihren Jugendtraum erfüllt, auch wenn sie dabei nie an eine einschlägige Berufsausübung gedacht hat. Sie hat sich einfach brennend für das Fach interessiert. Mit dem Studium beginnt ein neues Leben für sie. Eva stenografiert sämtliche Vorlesungen mit und überträgt daheim alles auf ihrer Schreibmaschine. Die vielen Durchschläge erfordern kräftiges Tippen, und immer wieder überanstrengt sie dabei Finger und Handgelenke. Ihre Transkripte sind überaus begehrt. Ihre Familie hegt sogar den Verdacht, dass so manche Doktorarbeit zu einem guten Teil ihr Werk ist.

»Die jungen Kollegen haben ja so viel um die Ohren, manche haben schon eine Familie, und ich habe Zeit.«

Im Gegenzug gibt es Dankbarkeit, Wertschätzung und Sozialkontakte.

»Die Alten sterben weg, aber dafür hab ich jetzt Junge um mich.«

Sie nimmt Anteil an deren beruflichen und privaten Erfolgen und Dramen – der Stapel an Weihnachts- und Geburtstagskarten an »Tante Eva« wird auch mit den Jahren nicht kleiner, und zu ihrer Beerdigung versammeln sich erstaunlich viele Menschen.

Bildung betrachtet sie als wichtigstes Gut, und das möchte sie ihrer Enkelin vermitteln.

»Wissen ist das Einzige, das dir niemand wegnehmen kann«, weiß die alte Frau, der im Leben vieles genommen wurde.

»Bevor du ins Theater oder in die Oper gehst, lies vorher diese dünnen Reclam-Büchlein, dann weißt du, worum es geht, und hast viel mehr davon.«

In die Oper oder ins Theater wird Lara nie gehen, aber sie liest begierig Evas gelbe Heftchen und stellt sich die Stücke vor.

Eva kontrolliert ihre Hausübungen und paukt mit der Widerspenstigen Schönschreiben, Orthografie und Grammatik.

Als Lara beginnt, abends länger wegzubleiben, ist die Großmutter nicht erfreut. Sie möchte immer ganz genau wissen, mit wem sie wohin geht, was sie dort macht, wann sie nach Hause kommt. Immer öfter übernachtet Lara dann doch in ihrem Kabinett bei Nina und Grischa, und eines Tages wird sie ganz dortbleiben. Dabei spielt auch eine Rolle, dass sie sich für ihre, wie sie meint, schwache Mutter verantwortlich fühlt. Sie glaubt, sie besser vor dem Grobian Grischa beschützen zu können, wenn sie vor Ort ist. Irgendwie hat der Mann Respekt vor Lara. Sie liefert ihm Schreiduelle. Aus Angst, die Nachbarn könnten es hören, gibt er meist schnell auf. Nina besitzt diese Widerstandskraft nicht. Die Rollen in diesem Haushalt sind verdreht. Lara wird schnell erwachsen.

Sie macht den Hauptschulabschluss mit guten Noten und geht – dem Rat der Großmutter folgend – auf die Handelsschule. Ein Teil ihres Freundeskreises beginnt eine Lehre, andere gehen ungelernt arbeiten. Am späten Nachmittag trifft man sich im nahe ihres Wohnviertels gelegenen Vergnügungspark, dem Prater. Lara würde am liebsten gleich Geld verdienen, möglichst schnell unabhängig sein, sich eine eigene Wohnung leisten können.

Auch Grischa möchte die spröde Tochter seiner Haushälterin so schnell wie möglich aus dem Haus haben. Viel mehr, als sie zu verheiraten, fällt ihm da nicht ein. Immer wieder bringt er jüngere Kollegen – er arbeitet als Schweißer mit Altmetallen – mit nach Hause. Sie haben schmutzige Fingernägel, trinken Bier aus der Flasche und laden Lara ein, sich dazuzusetzen. Das Mädchen findet diese Männer alt und überhaupt nicht attraktiv. Sie geht viel lieber mit ihren Freundinnen in den Prater und wird die beste Bowling-Spielerin der Clique. Gemeinsam mit zwei Freundinnen lässt man sie am frühen Abend gratis Autodrom fahren, um Kundschaft anzulocken. Lara ist jetzt ein »Pratermädchen«.

Nina fürchtet, Lara könnte auf die schiefe Bahn geraten. Heimlich beauftragt sie den Sohn von Bekannten, Peter, der im Prater als »Hutschenschleuderer« arbeitet und alle dort kennt, ein Auge auf ihre Tochter zu haben. Lara wiederum kommt es komisch vor, dass sich mögliche »Verehrer« sofort wieder von ihr abwenden. Als sie später erfährt, dass Peter ihnen Prügel oder Schlimmeres androht, wenn sie nicht die Finger von ihr lassen, ist sie sauer auf ihn und auf ihre Mutter. Sie fühlt sich mit sechzehn erwachsen und in der Lage, die volle Verantwortung für sich zu tragen.

Ihre beiden besten Freundinnen gehen bald auf den Babystrich und arbeiten auch später als Prostituierte. Lara wäre fast diesen Weg mitgegangen – zu verlockend war die Aussicht, schnell viel Geld zu verdienen –, wäre da nicht Peter gewesen, und Ninas Auftrag.

20

Die Zeit der ersten Liebe. In der Tanzschule trifft fast eine ganze Klasse des Schwabinger Knabengymnasiums auf fast eine ganze Klasse des Mädchengymnasiums. Den meisten geht es gar nicht so sehr um das Erlernen von Gesellschaftstänzen. Der Betreiber der Tanzschule ist ein gewiefter Geschäftsmann. Im Keller hat er eine Disco eingerichtet, wo es nach dem Walzer-, Cha-Cha-Cha- und Rumba-Unterricht weitergeht mit »Modern Dance«, ohne Lehrer und gratis. Diese Tanzschule, gleich neben dem Club »Blow Up« gelegen, ist sehr beliebt.

Er hat schönes, kinnlanges blondes Haar und die freundlichsten Augen der Welt, ein gutes Rhythmusgefühl und viel Geduld. Luna und Achim werden ein Abschlussballpaar, und anschließend belegen sie weiterführende Kurse, zur Perfektionierung. Für Luna, die immer wieder unter Hausarrest zu leiden hat, ein legaler Grund, diesen zu unterbrechen.

Luna zögert lange, bevor sie Achim ihren Eltern vorstellt. Sie fürchtet Karls Röntgenblick und möchte ihren Freund davor bewahren. Aber einmal muss es ja doch sein. Achim absolviert tapfer die erste Beschau, und er besteht. Jetzt ist sie dran, seinen Eltern vorgestellt zu werden.

Luna betritt die enge Vier-Zimmer-Wohnung in München-Sendling, und ihr ist, als würde sie in eine Kopie geraten. Wie in der Familie ihrer besten Freundin betreut auch hier eine Hausfrau ihre drei Kinder, kocht zwei warme Mahlzeiten am Tag und hält alles sauber, während der kriegsversehrte Mann einer leichten Berufstätigkeit nachgeht. Der einzige Unterschied liegt im verletzten Körperteil – bei einem fehlt ein Bein, der andere bekam einen Kopfschuss. Die Kugel kam schräg von vorne, prallte am Knochen ab und trat seitlich wieder aus. Beide Männer fürchten »den Russen«, und beide benehmen sich wie absolute Herrscher über einen Zwergstaat. Sie sind oft schlecht gelaunt, erklären dies mit ihren Kopf- oder Phantomschmerzen, und sie sind immer wieder gewalttätig gegen Frau und Kinder. Luna hat zum ersten Mal die Vermutung, dass ihr Vater und ihre Familie irgendwie anders sind als die »Normalen«.

Nach dem ersten Besuch und der Begutachtung durch seine Eltern erzählt Achim, wie sein Vater sich geäußert hat.

»Eine Russin, aber benehmen tut sie sich gut. Und wie fein sie isst.«

Erst viel später erfährt der Sohn, wo der Vater seiner leichten Berufstätigkeit nachging: beim Bundesnachrichtendienst in Pullach bei München. Diese Anstellung ergab sich wie von selbst als Folge seiner vorherigen Tätigkeit bei einer Panzer-Aufklärungs-Division.

Vater und Großvater des jungen Liebespaares könnten einander begegnet sein. Achims Vater nahm im Sommer 1943 am »Unternehmen Zitadelle« in Kursk teil, der größten Panzerschlacht des Krieges. Lunas Großvater, Ninas Vater, war just in jenen Tagen als Mechaniker an der Front eingesetzt und wird seitdem vermisst.

21

Liebe Luna!

*Bei Großmutti bin ich jetzt wieder ausgezogen. Sie will immer
genau wissen, wo ich bin, mit wem, und wehe ich komm ein
paar Minuten zu spät heim. Aber ich besuche sie und helfe
ihr Bodenaufwischen und Einkaufen. Du kennst sie ja, sie
jammert dauernd, wie krank und blind und taub sie ist, und
dann hupft sie herum und hört und sieht alles, was sie eigentlich
gar nichts angeht. Wenn sie in Purkersdorf geblieben wär, hätte
sie ihr schönes Zimmer und Helferinnen und müßte nicht
selber kochen. Ich glaub, außer ihr ist noch nie wer aus einem
Altersheim zurück in die eigene Wohnung zurück gezogen.
Aber das ist ja typisch.*

*Bei der Mama hab ich mehr Freiheit. Vielleicht hast Du
recht, daß ich es besser erwischt hab als Du. Vielleicht auch
nicht. Der Papa und die Großmutti sind sich ähnlich, glaub ich,
obwohl sie so viele Jahre getrennt waren. Das muß im Blut sein.
Daß sie so mißtrauisch sind und immer alles genau über einen
wissen müssen. Hoffentlich erben wir nicht auch dieses Blut.*

*Mama ist zwar nicht so, aber bei ihr bin ich die Erwach-
sene und muß sie beschützen. Sie kann nicht gut Deutsch, hat
keine Freunde, nur die Arbeit in der Fabrik und diesen Grischa,
der sie schlecht behandelt.*

*Daß Du jetzt einen Freund hast, ist aufregend. Bist
Du richtig romantisch verliebt? Du mußt ihn mir genau*

beschreiben. Seht Ihr Euch oft? Ich bin immer nur kurz verliebt. In den Günther vom Bauernhof in Rutzenmoos bin ich dauerhaft verliebt, aber den sehe ich ja vielleicht erst in den nächsten Ferien wieder, und da hat er womöglich schon eine andere. Warst Du nicht auch in seinen großen Bruder verliebt damals? Ich rieche immer das Heu, wenn ich daran denk.

Halte durch und vergiß mich nicht
Deine Lara

22

Wenn Karl betrunken ist, prahlt er: »Ich habe eine 25-jährige geheiratet, und als sie 35 war, hab ich mir wieder eine 25-jährige genommen, und als die 35 war, hab ich mir wieder eine 25-jährige genommen.«

Zu seinem Status die passende Ehe.

Zu seinen Ehen der passende Status.

Die Erste, Jahrgang 1929, eine Fabrikarbeiterin, bietet ihm nach der Entlassung aus dem Gulag eine Bleibe, einen Aufenthaltsstatus als »freier Bürger«. Sie bringt seine ersten Töchter zur Welt.

Die Zweite, eine Jugendfreundin seines verschollenen Bruders, verhilft ihm zu nützlichen Kontakten für Bildung und Beruf – an ihrer Seite steigt er zum Angestellten auf. Sie betreut aufopfernd seine Kinder.

Die Dritte, Jahrgang 1939, eine Akademikerin aus gutem Hause, bietet ihm den Zugang in die Welt des deutschen Bürgertums. Sie bringt vier weitere Kinder zur Welt.

Später, wenn er es zu einigem Wohlstand gebracht haben wird, wird es noch eine Vierte geben, Jahrgang 1949 und – wie man so sagt – nicht von allerbestem Ruf.

Karl wünscht sich unbedingt Söhne. Wenigstens einen. In seinem Kopf hat sich ein dummer Satz festgekrallt, den er irgendwo gelesen hat: Ein richtiger Mann muss in seinem Leben ein Haus bauen, einen Baum pflanzen, einen Sohn zeugen.

Zuerst das Haus.

Als er nach seiner Entlassung aus dem Lager in Kursk ankommt, ist er entsetzt über den Zustand des schiefen, löchrigen Holzhäuschens, in dem seine Braut mit ihrer Mutter lebt. Sogleich macht er sich ans Werk. Zugute kommt ihm, dass die Verwaltung ihn der Ziegelfabrik zur Arbeit zugeteilt hat. Jeden Tag bringt er zwei Ziegelsteine mit nach Hause. Nina gefällt das nicht, sie denkt besorgt an »Diebstahl an sozialistischem Eigentum«, einen Straftatbestand, der ihr fast ein Jahr ihrer Freiheit und zwei Jahre ihres Arbeitslohns gekostet hatte. Ihr Verlobter beruhigt sie. Seit Stalins Tod herrsche eine entspanntere Stimmung im Land, das sei doch rundherum spürbar. Außerdem habe er ein Abkommen mit dem Vorarbeiter. Tauschgeschäft. Nachbarschaftshilfe. An freien Tagen hilft Karl ihm beim Holzhacken, später beim Ausheben eines Erdkellers.

Ninas Haus bekommt ein Fundament und eine Art Wanne aus Ziegeln. Dafür soll es um fast einen Meter angehoben werden. Die jährlichen Überschwemmungen haben immer wieder Erdreich weggespült, und die armselige Hütte war allmählich immer tiefer und schiefer abgesunken. Ninas Bruder Ljonja und Nachbarn helfen mit. Ljonja, der Bauzeichner gelernt hat, aber in den Werkstätten der Zuckerfabrik arbeitet, hat gemeinsam mit seinem neuen Schwager nächtelang einen Plan ausgeklügelt, wie das Ganze zu bewerkstelligen sein könnte. Gebannt stehen Nina, ihre Mutter und Nachbarinnen in sicherer Entfernung, beruhigen und ängstigen einander abwechselnd, während sie zusehen, wie zehn Männer mit dicken Balken hantieren, die unter das Haus getrieben wurden und als Hebel dienen.

Die Operation gelingt. Karls Ruf verbessert sich. Der entlassene Häftling gilt jetzt als ordentlicher Ehemann und geschickter Handwerker. Nachbarn suchen seinen Rat, auch sie würden ihre Häuser gern renovieren.

Das höher liegende Haus braucht jetzt eine neue Vortreppe. Karl zimmert eine schöne breite aus hellem Holz, sogar mit einem Geländer. Darüber kommt ein Vordach mit Schnitzwerk, das ihm ein Kollege im Tausch gegen Mithilfe beim Ausbessern seines Dachs anfertigt.

Dann der Baum.

Als sein erstes Kind geboren wird, verpflanzt Karl eine Birke aus dem Wäldchen in den Garten, wie es hier immer noch der Brauch ist. Die Freude, Vater geworden zu sein, ist so groß, dass der Moment der leichten Enttäuschung darüber, dass es ein Mädchen ist, rasch vergeht.

Haus gebaut, Baum gepflanzt. Nur der Sohn will sich nicht einstellen.

Karls erste Kinder sind Mädchen. Das stellt ihn vor ein Problem. Welche Werte kann er seinen Töchtern vermitteln? Bei Buben wäre ihm das leichtgefallen. Was ein richtiger Mann ist? Schaut mich an und werdet wie ich. Aber wie geht das mit den Mädchen? Er liebt seine Kinder und möchte, dass sie als glückliche Menschen durchs Leben gehen. Er will nicht, dass sie Männern in die Hände fallen, wie er einer ist. Und so vermittelt Karl, ohne dass es jemals seine Absicht gewesen wäre, seinen Töchtern feministische Werte.

Lass nie einen Mann über dich bestimmen.

Bei der geringsten Andeutung von Gewalt verlass ihn auf der Stelle.

Lerne so viel wie möglich, ein guter Beruf macht dich unabhängig.

Behalte stets die Kontrolle über dein Leben, deinen Besitz, und in erster Linie über deine Gefühle.

23

Als ihre halbwüchsigen Stieftöchter ins Haus kommen, beklagt Dörte, dass es bislang wohl gänzlich an einer Erziehung gefehlt habe. Schleunigst müssen die Mädchen in all diese umständlichen, weltfremden Regeln eingeführt werden, damit man sich der primitiven Wiener Russenkinder nicht schämen müsse. Nach Laras Flucht nach Wien ist Luna dieser Erziehung allein ausgeliefert.

Zuerst die Tischmanieren. Sie lernt, Pfirsiche mit Messer und Gabel zu essen. Sie lernt, dass Knödel und Erdäpfel gerissen und keinesfalls geschnitten werden dürfen. Sie wird in den Eierdiskurs eingeführt – Spitze nach oben oder nach unten? Mit dem Löffel aufklopfen oder mit dem Messer köpfen? Letzteres bleibt unentschieden, also sind beide Techniken erlaubt. Sie lernt, Teller und Besteck richtig zu platzieren, und die unterschiedliche Form und Bestimmung von Trinkgläsern. Wenn der Suppenteller schon gekippt werden will für den letzten Rest, dann von sich weg, nie zu sich hin. Aber noch feiner ist es, gar nicht zu kippen und den Rest im Teller zu belassen. Den Kaffeelöffel niemals abschlecken. Die Ellbogen dürfen den Tisch nicht berühren. »Du sollst nicht lümmeln, du sollst nicht sprechen, niemals Gekautes mit Flüssigkeit hinunterspülen.«

Zahlreich sind die Codes, in die sie eingeweiht wird. Etwa: Woran merkst du, dass der oder die Schenkende aus einer niederen Schicht stammt? Richtig, wenn zum Verpacken Klebeband benutzt wird.

Sie lernt Taschentüchlein mit feiner Spitze zu umhäkeln. In der Vorweihnachtszeit lernt sie Rauschgoldengel basteln und zu Ostern Spanschächtelchen bemalen. Und sie darf zwischen Klavier- und Geigenunterricht wählen.

Drei- oder viermal im Jahr besucht sie ihre Mutter und die kleine Schwester in Wien. Die Mutti war aus ihrem Leben vollständig verschwunden, dafür hatte Karl gesorgt. Mama führt einem Mann den Haushalt, Luna weicht ihm aus, seine schlurfende, laute Gegenwart ist ihr unangenehm. Aber auch Grischa scheint die junge Besucherin aus Deutschland zu meiden. Seine Gründe dafür sollte sie erst später verstehen.

Als die Wehrmacht 1941 in die Sowjetunion einfällt, findet sie in der ukrainischen Bevölkerung so manch willigen Helfer. Es blüht die Hoffnung auf, ihr Land würde von der Unterdrückung Moskaus befreit werden. Stalin und seine Sowjetmacht sind verantwortlich für die Hungersnöte der 1930er Jahre, die ukrainische Sprache und die Literatur werden für minderwertig erklärt und weitestgehend verdrängt. Ukrainer werden zum »Bauernvolk« deklassiert und lächerlich gemacht, sie sollen sich ihrer Rückständigkeit schämen, ihre plumpen Lieder und primitiven Volksweisheiten schnell vergessen und die viel wertvollere Kultur des großen russischen Brudervolkes annehmen.

Das ukrainische Volk ist im inneren Widerstand, eine Rebellion gegen Moskau scheint jedoch aussichtslos und blutig. Und so bejubelt man die einmarschierenden Deutschen. Junge, meist ungebildete, aber ortskundige Männer stellen sich bereitwillig in den Dienst von so genannten »Spezialeinheiten« der Wehrmacht. Bald erkennen sie, wofür man sie braucht – als Helfer beim Aufspüren, Zusammentreiben und Ermorden ukrainischer Juden und Roma. Grischa würde später behaupten, er hätte sich lediglich um die Versorgung der Pferde gekümmert (welch frappante Ähnlichkeit zur Behauptung eines späteren österreichischen Bundespräsidenten). Als diese Hilfsgruppen, auch »Polizei« genannt, sich später spalten – einige laufen zu den Partisanen über und kämpfen gegen die Nazis, andere versuchen ihre Haut zu retten –, gelingt Grischa die Flucht nach Kärnten. Bei Kriegsende gibt er sich als verschleppter Zwangsarbeiter aus, dem bei der Rückkehr in seine Heimat mindestens der Gulag, wenn nicht die Todesstrafe drohe. Die Briten nehmen ihn in einem Lager für Displaced Persons in Klagenfurt auf, und dieser Status erlaubt ihm eine Existenz in Österreich, mitsamt einer nagelneuen Staatsbürgerschaft. Die österreichischen Behörden schauen damals nicht so genau hin.

Grischa wird sich sein Leben lang verfolgt fühlen, wird Entdeckung und Rache fürchten. München gilt als Hotspot, dort sitzen die Amerikaner, dort sind Einrichtungen, die Kriegsverbrecher verfolgen – Deutschland hat viel früher als Österreich mit der Aufarbeitung der Nazi-Verbrechen begonnen. Die regelmäßig aus München Anreisende macht ihm Angst. Man könnte ihn aufgespürt haben, und die Jugendliche könnte eine kleine Kapsel im Gepäck haben und den Auftrag, ihn zu vergiften. Während Lunas Besuchen bei ihrer Mutter isst er lieber auswärts.

Fast noch mehr als Amerikaner und Deutsche fürchtet Grischa den sowjetischen Geheimdienst. Er meidet neue Kontakte, verhält sich still, geht brav arbeiten, hat kaum Freunde. Seinen angestauten Frust lebt er an Nina aus, er ist grob und laut mit ihr. Mit Ausnahme eines jährlichen Urlaubs fährt er nie ins Ausland, er fürchtet die Grenzkontrollen. Immer geht es im Sommer nach Mallorca, immer an denselben Ort, immer in dasselbe Hotel. Die Urlaubsfotos jener Jahre sind nahezu identisch, der Hintergrund, der Platz am Pool, der Sonnenschirm, der Badeanzug, die Pose der beiden. Das Bild wird immer am letzten Tag aufgenommen, weil da die Haut am dunkelsten ist.

Ins Meer geht Grischa nie, er kann nicht schwimmen und hat panische Angst vor Wasser. Er meidet sogar die Nähe eines Strandes oder eines Flussufers. Umso mysteriöser mutet seine spätere Todesart an – man findet seine Leiche in der Donau treibend, Umstände ungeklärt.

Wenn Besuch aus München kommt, bemüht Nina sich besonders. Kaum ist ihre Erstgeborene durch die Tür, tischt sie ordentlich Lieblingsspeisen auf. Jetzt wird Lunas Umerziehung schlagend.

»Mama, nicht das Häferl so auf den Tisch stellen, hast du keine Untertassen? Nimm doch den Löffel raus beim Teetrinken, das machen nur die Russen, und spreiz den Finger nicht so ab. Das Messer muss rechts liegen, und warum isst du alles mit dem Löffel? Das ist primitiv, das macht man nicht.«

Natürlich bemerkt die Vierzehnjährige, dass sie die einfache Frau irritiert. Aber es muss sein! Schließlich hilft man der Mutter dabei, sich besser zu integrieren. Ihr rückständig-russisch-bäuerliches Benehmen kann ihr hier doch nur hinderlich sein, und Luna besitzt jetzt den Code. Sie weiß, worauf es ankommt. Auch für sie selbst war das alles in der ersten Münchner Zeit befremdlich und mühsam. Das geht vorbei.

Die Mutter macht, was man ihr anschafft. Sie lernt schnell. Einmal sagt sie, leise: »Dass du nur deine Mutter am Ende nicht verachtest.« Luna tut, als verstünde sie nicht, was sie damit meint.

Außerdem tut sie, als würde sie Laras – vermeintlich vorwurfsvolles – Schweigen nicht bemerken, während die ihre große Schwester aufmerksam beobachtet.

Als die Mädchen später in Laras Zimmer sitzen und ihre neueste Platte immer und immer wieder abspielen, sagt Lara unvermittelt:

»Gell, du glaubst wahrscheinlich, dass ich es schlechter erwischt hab als du? Dabei hab ich manchmal Mitleid mit dir, weil du das alles aushalten musst, diese strengen Regeln, dieses Etepetete, dass du dauernd aufpassen musst, ja nix falsch zu machen.«

Darauf weiß Luna nichts zu erwidern, außer: »Blödsinn!« Dass sie sich schämt, weil sie sich auf eine höhere Stufe stellt, darf sie sich nicht anmerken lassen.

In Deutschland geht der Kampf mit der jungen Stiefmutter weiter, etwas abgemildert durch das Wissen um deren Ahnungslosigkeit, was die Liebschaften des Vaters mit den wechselnden Untermieterinnen betrifft.

Mit sechzehn setzt der Klassenkampf ein. Die Tanzschule geht sich vorher gerade noch aus. Aber dann! Als Erstes kommt der BH weg. Die Kleidung wird, wie von Zauberhand, schlabberig und einheitlich grau-grün, was Luna gut gefällt. Sie darf ihre Sachen fortan nicht mehr zur Familienwäsche geben, Dörte fürchtet farbliche Ansteckung. Jedes Frühstück eine Demonstration: Die Ellbogen kommen auf den Tisch, das lange Haar hängt ungekämmt vor dem Gesicht, und ihren Tee trinkt sie nur noch aus dem dicken Keramikbecher mit dem Che-Guevara-Porträt.

Beim folgenden Wien-Besuch lassen der Anblick des brav gedeckten Tisches und der lächelnden Mutter, die wie ein Kind stolz auf ihr Werk ist, ihre Tochter plötzlich tiefe Scham empfinden. Doch statt zu dieser Scham zu stehen, sie zu zeigen, die

Mutter einfach nur zu umarmen, sich vielleicht zu entschuldigen, fährt sie sie grob an.

»Mama, was für ein bürgerlicher Klimbim! Lass das bleiben. Ich will kein Tischset, ich brauch keine Untertasse. Sei authentisch! Wie kannst du dich nur so verbiegen lassen! Wo ist dein proletarisches Selbstbewusstsein geblieben!«

24

Nach ihrem Hauptschulabschluss beginnt Lara eine dreijährige Handelsschule. Gleich nach der ersten Klasse wäre für die Versetzung eine Nachprüfung in Stenografie fällig, aber Lara verschweigt das allen. Sie wiederholt heimlich das Schuljahr und lässt alle im Glauben, es sei die zweite Klasse, weil sie unbedingt bei der Radtour mitfahren möchte, die Luna und zwei ihrer Münchner Freundinnen geplant und gegen den zähen elterlichen Widerstand durchgesetzt haben. Von München aus soll es in fünf Tagesetappen bis nach Wien gehen, Übernachtungen in Jugendherbergen. Luna ist siebzehn, Lara noch keine fünfzehn, die beiden anderen sechzehn.

Die erste Reifenpanne haben sie noch im Münchner Stadtgebiet, rund hundert Kilometer gilt es pro Tag zu fahren, es ist die heißeste Jahreszeit. Langgezogene mühsame Steigungen, Durst, Verirrungen, Umwege. An der Grenze in Passau nimmt man die radelnden Minderjährigen kurz in Gewahrsam, bis die Vermisstenlisten telefonisch überprüft und die Briefe mit der Einwilligung der Eltern akzeptiert sind. Kurz vor Wien geht eine verloren, weil sie die falsche Abzweigung nimmt. Dummerweise hat nur sie alle Adressen und Nummern, und so übernachtet man in verschiedenen Jugendherbergen, bevor man sich am nächsten Tag in Laras Wohnung trifft.

Wien ist Laras Stadt. Sie führt die Besucherinnen in den nahe gelegenen Augarten und bestellt ihre Freunde hin. Bald wird offenbar, dass die Jugendlichen nicht viel miteinander anfangen können. Ihre Interessen scheinen nicht die gleichen zu sein. Nur zum Billardspielen geht man gemeinsam in Laras Stammcafé, und zum gratis Autoscooterfahren in den Prater. Die Schwestern möchten gerne glauben, es läge am Altersunterschied. Doch da ist noch etwas anderes. Beide spüren: Die Schwester lehnt es ab, wie ich lebe. Ich muss mich und meine Welt verteidigen, zugleich die ihre herabwürdigen. Sie spüren es, aber sie werden noch sehr lange keine Worte dafür finden.

Nach der zweiten Klasse der Handelsschule glauben immer noch alle, Lara hätte die dritte Klasse absolviert. Sie hat keine Lust mehr auf Schule und verlässt sie, um sich einen Job zu suchen. Sie ist jetzt fast siebzehn Jahre alt und fühlt sich erwachsen genug, endlich selbst über ihr Leben zu entscheiden, unabhängig zu sein, frei zu sein. Sie bewirbt sich auf Anraten von Großmutter Eva als Kanzleipraktikantin bei der Gemeinde Wien. Im Lebenslauf, der fünf Seiten füllt, führt sie – ebenfalls auf Evas Rat hin – ihre Sprachkenntnisse und Auslandserfahrungen an. Ihre Handschrift ist beeindruckend, der Text fehlerlos. Sie wird sofort aufgenommen. Bald ist ihr das Herumsitzen im Büro derart fad, dass sie sich anderweitig umsieht. Erst geht sie als ungelernte Verkäuferin in ein Papiergeschäft, danach wechselt sie aus reinem Interesse mehrmals die Arbeitgeber. Davor, dass sie keinen Job bekommen könnte, fürchtet sie sich keine Sekunde. Auch ohne Berufsausbildung ist die junge Frau eine begehrte Arbeitskraft, weil sie intelligent ist und schnell begreift.

Lara hat sich von nahezu allen Abhängigkeiten gelöst. Jetzt fehlt nur noch der Führerschein für die ultimative Freiheit. Bei Karls nächstem Wien-Besuch überredet sie ihn, ihr einen kleinen gebrauchten Wagen zu kaufen. Den Führerschein macht sie zum frühestmöglichen Zeitpunkt und bezahlt ihn vom eigenen Gehalt. Der Fahrlehrer, zugleich Besitzer der Fahrschule, wird zudringlich, Lara droht, ihn anzuzeigen, und presst ihm damit Gratisfahrstunden ab. Sie schafft die Prüfung auf Anhieb.

Über die Anschaffung eines Autos reden Vater und Tochter in einem Lokal, wohin Karl Lara zum Mittagessen eingeladen hat. Karl wird ihr zum achtzehnten Geburtstag einen Gebrauchtwagen schenken. Lara erzählt von ihrem Freund, und dass sie heiraten werden. Er ist Mechaniker, zehn Jahre älter und wohnt in einem Gemeindebau ganz in der Nähe. Sie haben einander im Kaffeehaus kennengelernt, wo sich nach jedem Arbeitstag ihr Freundeskreis zu Bier und Billard einfindet.

Lara ist zu diesem Zeitpunkt schon schwanger, aber sie möchte es ihrem Vater noch nicht sagen. Karl meint, es sei jetzt der richtige Zeitpunkt, seine Tochter aufzuklären. Auf eine Papierserviette beginnt er eine Skala der gefährlichen Tage bei einer Frau zu zeichnen. Lara knüllt die Serviette zusammen und stopft sie in ihre Handtasche.

»Papa, wenn du nicht sofort damit aufhörst, geh ich nie wieder mit dir wohin.«

Mutter Nina und Großmutter Eva richten Lara die Hochzeit aus. Endlich kann Lara weg. Noch vor der Trauung übersiedelt sie in die Wohnung ihrer Schwiegermutter, wo ihr Bräutigam immer noch wohnt.

»Spätestens in drei Monaten sind wir hier aber weg«, macht sie ihm zur Bedingung.

Zu ihrer Mutter sagt sie: »Mama, jetzt kannst du dir auch eine eigene Wohnung nehmen. Du musst nicht mehr beim Grischa bleiben.«

25

Im Herbst 1971 gründen befreundete Schüler des Knabengymnasiums eine Schülerzeitung. Es gibt bereits eine an dieser Schule, aber die wird von der Direktion herausgegeben und redigiert, was politisch abzulehnen ist.

Die erste Ausgabe des *Neuen Giselaners* erscheint als »Eigendruck im Selbstverlag«, wie das Impressum verlautet. Der Direktor des Gisela-Gymnasiums untersagt die Verwendung dieses Namens. Die zweite Ausgabe trägt den Titel *Focus* – auch im Hinblick auf die geplante Expansion als überregionales unabhängiges Organ in ganz München oder sogar Bayern – und nennt eine Auflage von tausend Stück. Der Preis wird von zehn auf zwanzig Pfennig angehoben, »weil uns die letzte Ausgabe ein Defizit von DM 150 eingebracht hat«, wie es im Editorial heißt. Schon jetzt habe man sich mit Schülerinnen des Sophie-Scholl-Gymnasiums zusammengetan und arbeite in Zukunft gemeinsam am *Focus*.

Diese Zusammenarbeit sieht zunächst so aus: Lunas Vater stellt sein Büro und die Gerätschaft zur Verfügung, damit Matrizen hergestellt und gedruckt werden können. Er versteht das als seinen persönlichen politischen Beitrag. Nebenbei hat man die Tochter im Blick. Die DIN-A4-Seiten werden seitlich geklammert, und fertig sind die Hefte aus billigem Papier. Die Texte verfassen überwiegend die männlichen Mitglieder der Redaktion, oder sie bedienen sich – ohne besonderes Nachdenken über Urheberrechte – an Gedichten und Texten anderer Autoren. Luna tippt alles auf Matrizen, und ihre Freundinnen drucken und tacken. Zwar gibt es im Vorfeld Redaktionssitzungen, bei denen stundenlang diskutiert wird, und Meinungen und Worte der Mädchen fließen ganz selbstverständlich in die Artikel ein. Aber als Verfasser werden entweder keine Namen genannt, oder man unterzeichnet mit »Das Redaktionskollektiv«.

Behandelt werden die Themen der Zeit: Schülerselbstbestimmung, das Infragestellen von Zensurensystem, Leistungsprinzip und Religionsunterricht, die Analyse von Tutorensystemen, Kriegsdienstverweigerung. In einer Ausgabe darf sich die »Rote Hilfe« als Bewegung präsentieren, die die Kommunikation zwischen Schülern/Studenten/Akademikern und Lehrlingen/Arbeitern verbessern möchte, damit sie »gegen die im Spätkapitalismus nicht mehr direkt erfahrbaren und verschleierten Machtstrukturen und Unterdrückungsmechanismen Strategien entwickeln und gemeinsam kämpfen«.

Nach der vierten Ausgabe (Auflage zweitausend Stück, Verkaufspreis dreißig Pfennig) wird die Schülerzeitung eingestellt. Zwei der Hauptakteure waren wegen disziplinären Fehlverhaltens von der Schule geflogen, ihre neuen Gymnasien liegen weit weg, und der publizistische Motor beginnt zu stottern.

Durch die allgemeine Wohlstandssituation in Deutschland und den Einfluss der Massenmedien, etwa der *Bild*-Zeitung, werden die Menschen unkritisch, ungebildet und unpolitisch gehalten. Luna wird Teil einer Szene, die diese Erkenntnis leben und möglichst auch missionieren möchte. Konsum wird zum Schimpfwort. Sie kauft sich keine neue Kleidung mehr, den unförmigen Parka holt sie sich im American-Army-Shop, alles andere im Secondhandladen, aber die teuren Desert-Boots und engen Levis-Jeans müssen sein. Der BH ist unnötig, Schminke ist verpönt, Natürlichkeit ist die echte Schönheit einer Frau in den

Siebzigern. Das Nachdenken über die Rolle, die einer Frau zugewiesen wird, und die Wahrnehmung am eigenen Leib, dass die Menschenrechte, die Chancen und die Arbeit zwischen den Geschlechtern ungleich verteilt sind, führt geradewegs in die Frauenbewegung. Dass ein Mensch nicht über den eigenen Körper bestimmen kann, ist skandalös, der Abtreibungsparagraph gehört weg! Aber auch da nimmt Luna nicht den Weg der radikalen Kämpferinnen. Sie möchte daran glauben, dass die sanften jungen Männer in ihrem Freundeskreis genauso denken und fühlen und Mitstreiter sein werden auf dem Weg zur Gleichstellung. Stricken haben sie schon gelernt. Gemeinsam mit ihren Kommilitoninnen bringen sie während der Vorlesungen so manchen verknöcherten Professor durch das Geklapper der Nadeln aus dem Konzept.

Das »Kapital« von Marx muss man gelesen haben, besonders wenn man sich seines Namens bedient – einige der sich überall bildenden Gruppen tragen das M in ihren Abkürzungen. In der Schule werden die Theorien dieses Wissenschaftlers nicht gelehrt, also muss man sich das Wissen selbst aneignen. Luna nimmt sich Band 1 vor und beginnt voller Enthusiasmus zu lesen. Auf Seite 3 kommt schon der Frust – sie versteht nichts. Anderen geht es ähnlich, also meldet man sich zur Schulung an. Einmal wöchentlich trägt sie den dicken Wälzer durch die Stadt, alle sollen ihn sehen. Im Gemeinschaftsraum einer Schwabinger Kommune arbeitet ein Politologie-Student und Mitglied des Sozialistischen Deutschen Studentenbunds Kapitel für Kapitel mit den Schülerinnen und Schülern durch.

Infolge ihres neuen Wissens wird Luna von missionarischem Eifer erfasst. Es ist noch stockdunkel und kalt, als sie frühmorgens vor dem Südtor des BMW-Werks steht, um bei Schichtwechsel Flugblätter der gerade von Studenten gegrün deten »Arbeitersache« zu verteilen. Darin wird den Arbeitern die Solidarität der Schüler und Studenten ausgedrückt, und deren Bereitschaft, sie bei ihren Forderungen nach Verbesserung der Arbeits- und Wohnbedingungen sowie Lohnerhöhungen zu unterstützen. Die Gastarbeiter sollen besonders angesprochen werden, sie machen den Großteil der Belegschaft aus und werden am schlechtesten bezahlt und behandelt. In Lunas Stapel gibt es die Flugblätter in griechischer und italienischer Übersetzung.

Weder die müden Arbeiter, die das Werk verlassen, noch die müden Arbeiter, die ihre frühmorgendliche Schicht antreten, haben irgendein Interesse an diesen Zetteln. Abweisend und rasch gehen sie an Luna vorbei, oder sie schauen sie an wie eine außerirdische Erscheinung. Von deutschen Arbeitern wird sie beschimpft. Dann kommt der Portier und verjagt sie auf die andere Straßenseite. Für Luna ist das der erste und zugleich letzte Versuch, die Arbeiterschaft zu agitieren.

Auch die Strategie der studentischen »Arbeitersache«, sich bei BMW einstellen zu lassen und im Inneren zu agieren, wird nach einem Jahr wieder aufgegeben. Von Seiten der Gewerkschaft kommt zu wenig Rückhalt.

Andere Themen geraten jetzt stärker in den Fokus der Bewegung, als deren Teil Luna sich versteht. Kampf um bezahlbare Wohnungen, Umweltbewusstsein, Nachbarschaftshilfe und Stadtteilarbeit. Alles zusammen nennt sich Alternativkultur.

Für die jungen Leute ist Herkunft keine Kategorie. Wer die Eltern sind, reich oder arm, Arbeiter oder Akademiker, darüber wird nie ein Wort verloren, es interessiert schlicht niemanden. Und wenn man es weiß, spielt es keine Rolle. Niemand schaut auf andere herab, weil alle ein gemeinsames Ziel haben. Die Abschaffung von Klassen gehört dazu. Diese wenigen Jahre der Unschuld und zugleich des Hochmuts gehen vorbei, meist nach Abschluss eines Studiums, die meisten gliedern sich ein, werden milder einer Gesellschaft gegenüber, die sie einst bekämpft haben. Entstammen die meisten ja doch bürgerlichen Familien.

26

Es gibt Bereiche, da unterscheiden sich die Schwestern in ihren getrennten Welten fast gar nicht.

Beide lesen jede Woche die neue *Bravo*, beide hören gerne Musik und schwärmen für Rockstars, deren Fotos an den Wänden ihrer Zimmer hängen. Beide besitzen einen Kassettenrecorder und nehmen jede Woche vor dem Radio fiebernd die Neuzugänge in den Hitparaden auf. Die deutsche unterscheidet sich nicht sehr von der österreichischen. Darüber können sie sich bei den seltenen Treffen gut austauschen und spüren eine Nähe, die wohl eher dem Zeitgeist ihrer Generation geschuldet ist als ihrer Verwandtschaft. Später wird sich – bis auf wenige Ausnahmen – auch ihr Musikgeschmack auseinanderentwickeln.

Auch Dörte liebt Songs der Hitparade. Durch die Münchner Wohnung schmettert Tom Jones oft seine »Delilah«, später ist es »A Song of Joy«, eine schmalzig gesungene Coverversion von Beethovens Ode »An die Freude«. Ihrer Stieftochter schenkt sie zu Weihnachten zwei Musik-Kassetten: was Klassisches, wegen der Erziehung (Forellenquintett), und was Modernes (James Last). Letzteres hört Luna sich nur einmal an, Schuberts Musik mag sie.

Karl legt jeden Sonntagvormittag nach dem Frühstück dieselbe Platte auf. Der Chor der Roten Armee brüllt in voller Lautstärke. Signal für die ganze Familie: Jetzt wird gemeinsam geputzt. So viele Jahre hat er in Schmutz und Gestank verbracht, im Gulag konnten sich die Häftlinge oft tagelang nicht einmal waschen. Jetzt übertreibt er es. Alles muss sauber und staubfrei sein – Mann, Frau, Kinder, Auto, Wohnung.

Wenn Grischa nicht zu Hause ist, kann Lara ihre Musik laut aufdrehen. Da kann es schon vorkommen, dass Nina ein paar ausgelassene Schritte mittanzt. Da blitzt etwas auf von der verschütteten Lebenslust. Lara weiß nicht recht, ob ihr das peinlich ist, oder ob sie sich darüber freuen soll.

Wenn Grischa zu Hause ist, darf nur der Fernseher Töne von sich geben. Laras Musik hält er für abwegig.

Manchmal fängt er grundlos an zu toben. Es steckt so viel Gewalt und Wut und Geschrei in diesem Körper. An solchen Abenden nimmt Lara ihre Mutter und flüchtet mit ihr aus der Wohnung. Sie gehen langsam durch die Straßen der Stadt, bleiben immer wieder stehen und blicken in erleuchtete Fenster. Sie stellen sich vor, wie gemütlich es die Menschen haben. Sie erzählen einander Geschichten über die Familien, die hinter diesen Fenstern wohnen, und was die wohl gerade machen. Sie phantasieren, wie sie eine gemütliche Wohnung einrichten würden und wie ein Leben ohne Grischa aussehen könnte.

Wenn sie dann vermuten können, dass der Grobian nach zwei, drei Flaschen Bier vor dem Fernseher eingeschlafen sein würde, schleichen sie auf Zehenspitzen zurück in die Wohnung. Lara sperrt sich in ihrem Zimmer ein, und Nina schläft oft im Sitzen auf der Küchenbank, Arme und Kopf auf den Esstisch gelegt.

Nach ihrer Heirat und dem Auszug macht Lara sich Sorgen um ihre Mutter, die dem Rat, endlich diesen gewalttätigen Mann zu verlassen, einfach nicht folgen will. Lara weiß, sie müsste ihr bei der Suche nach einer Wohnung helfen, den Umzug organisieren, sie an der Hand nehmen. Aber sie hat dazu gerade keine Kraft, sie ist mit anderen Problemen beschäftigt. Ihr Kind hat sie im vierten Schwangerschaftsmonat verloren, und sehr bald wird klar, dass der Mann, den sie geheiratet hat, nicht zu ihr passt. Die Ehe wird geschieden.

Jahre später lebt Lara bereits mit einem neuen Lebensgefährten und dem gemeinsamen Baby in einer Wohnung in der Neubaugasse. Da kommt ein Anruf: »Er bringt mich um!«

Lara schickt die Polizei in die Alliiertenstraße und macht sich selber auf den Weg. Als sie ankommt, haben die Polizisten Grischa bereits weggebracht. Aus früheren Erfahrungen wissen die Frauen: Nach wenigen Stunden wird er wieder zurück sein.

Jetzt besteht Lara nachdrücklich darauf, dass Nina ihre nötigsten Habseligkeiten zusammenpackt. Sie stopfen das kleine Auto voll, und Lara bringt die Mutter erst einmal in ihre Wohnung, die gerade umgebaut wird. Gleich am nächsten Tag macht Lara sich auf die Suche nach einer kleinen Wohnung, möglichst in der Nähe. Sie wird bald fündig. Ninas erstes eigenes Zuhause liegt nur zwei Parallelgassen entfernt.

27

Liebe Luna!

Du fragst, wie das für mich gewesen ist, wenn ich in unserer Teenager-Zeit in München auf Besuch war. Am Anfang habe ich immer noch Angst gehabt, Papa würde mich nicht wieder weg lassen und ich müßte für immer dort bleiben. Oder habe ich mir das sogar heimlich gewünscht? Ich weiß nicht mehr. Glücklich gewesen bin ich ja nicht in Wien. Aber jedes Mal war ich sicher, daß München auch nicht die Stadt ist, in der ich leben möchte.

Jetzt ist es wieder lange her, seit ich auf Besuch bei Dir war. Ich bin immer noch beeindruckt, wie Du jetzt lebst. Auf Dich war ich immer sehr stolz. Besonders, weil Du Dich selbst verteidigen konntest.

Wahrscheinlich hat das mit Mama zu tun, daß ich immer das Gefühl gehabt habe, daß ich die Stärkste von allen bin. Niemand durfte Dich schief ansehen, damals, im Karl-Marx-Hof, da wollte ich Dich immer vor den anderen verteidigen, da bist Du mir immer so schwach vorgekommen, obwohl Du die Ältere bist. Jetzt weiß ich, daß es nur ein anderes Selbstbewußtsein bei Dir war als bei mir. Ich habe mit meinen Muskeln gekämpft und Du mit deinen Worten.

Daß Du es jetzt geschafft hast, vom Papa und Dörte einfach auszuziehen, ohne Geld und Wohnung, das ist bewundernswert. Das hat aber sicher damit zu tun, daß Du Freunde hast, wo Du hin kannst. Die sind alle so erwachsen, bärtige Männer, vollbusige Frauen. Meine Leute hier sind eher noch im Wachstum, kaum Bärte und Busen. Und so klug geredet habt Ihr alle. Als würdet Ihr die Welt retten können. Ich konnte mit vielem von Eurem Geplapper nichts anfangen, es war eine andere Welt. Aber es war Deine Welt, und ich habe mit großen Augen zugesehen und zugehört, was Ihr von Euch gegeben habt.

Mach Dir keine Sorgen, nie hatte ich den Eindruck, Du würdest mich als eine »Unpassende« empfinden. Du hast nicht gefragt, wie ich lebe, aber ich habe mir genau angeschaut, wie Du lebst. »Meine Schwester, die studiert jetzt.« oder »Meine Schwester lebt in einer Kommune und die haben Hendl und Katzen.« Mehr ging niemanden was an. Konnte eh keiner was mit solchen Informationen anfangen in meinem Umfeld.

Ich hoffe, wir sehen uns in den Weihnachtsferien.
1000 Bussi, Deine Lara

P. S.
Machmal frage ich mich, wie wir geworden wären, wären wir zusammen geblieben. Und ob es einen Unterschied gemacht hätte, ob das in Wien oder in München gewesen wäre.
Ich kann es mir einfach nicht ausmalen. Du bist einfach Du, und ich bin ich.

28

Karls Erziehungsmethoden – Beschämen, Kontrollieren, Manipulieren. Gewalt wendet er nicht an. Bis zu diesem Tag.

Luna lümmelt im Wohnzimmer auf der Couch. Es ist Sommer 1973, die Ferien haben gerade begonnen. Luna besucht nach ihrem Realschulabschluss die zweijährige Fachoberschule. Die Reste des späten Frühstücks stehen noch auf dem Tisch. Karl fordert sie im Befehlston auf, das Tablett in die Küche zu tragen und ihr Zimmer, »diesen Saustall«, aufzuräumen.

»Das ist doch mein Zimmer.«

»Aber in meiner Wohnung.«

»Ja, gleich.«

»Sofort!«

»Reg dich doch nicht so auf.«

»So redest du nicht mit mir.«

Karl geht davon. Kurz darauf hört Luna Geräusche aus ihrem Zimmer. Es ist das Zerbrechen von Schallplatten. Hätte Karl seine Tochter geschlagen, es hätte nicht mehr geschmerzt. Ihre geliebte Musik ist unwiederbringlich verloren. Sie hat auf jede einzelne Platte gespart oder Geld von ihrer Mutter dafür bekommen.

In Luna kocht es, aber sie wartet, bis Karl das Haus verlassen hat. Dann holt sie aus der Abstellkammer einen Koffer und geht in ihr Zimmer. Sie versucht, an den verwundeten Platten, die auf dem Boden verstreut liegen, vorbeizuschauen. Ganz ruhig ist sie plötzlich geworden, weil ein Entschluss gefallen ist.

Sie ruft Achim an. Die Jugendliebe war nach drei Jahren zwar zu Ende gegangen, aber ein bester Freund würde er ihr ein Leben lang bleiben. Die telefonische Recherche im Freundeskreis bringt schnell ein Ergebnis: In einer Wohngemeinschaft im Zentrum Münchens ist jemand auf einer längeren Reise, sein Zimmer kann Luna so lang haben.

Im Herbst bezieht sie mit ihrem zweiten Freund, der sich Guy nennen lässt, weil das besser klingt als sein bayerischer Vorname, eine Wohnung im sechsten Stock eines Neubaus in Ismaning, 25 S-Bahn-Minuten vom Zentrum Münchens entfernt. Es war die billigste im Angebot, 376,50 Mark monatlich. Luna bekommt kein Geld von ihrem Vater, sie muss gerichtlich auf Unterhalt klagen, aber das Verfahren ist noch nicht abgeschlossen. Beide studieren, bekommen kleine Stipendien und machen schlecht bezahlte Jobs, um sich die Miete leisten zu können. Guy arbeitet samstags in einem Supermarkt als Regalauffüller, Luna an einigen Nachmittagen in der Woche bei McDonald's. Einen Monat im Sommer wird Vollzeit gearbeitet, im zweiten wird gereist.

Die Wohnung hat nur zwei kleine Zimmer, wird aber zu einem beliebten Treffpunkt für den Freundeskreis. Die meisten leben noch zu Hause, hier ist es elternfrei. Hier werden Pläne geschmiedet für eine Landkommune. Man würde billiger wohnen, sich von den industriell hergestellten Lebensmitteln unabhängig machen, sich gesund und umweltbewusst ernähren. Alle lesen den amerikanischen Bestseller »Leben auf dem Land« mit den vielen schönen Bildern, glücklichen Menschen, lachenden Kindern, ein Paradies. Die Feldfrüchte, die abgebildet sind, sind prall und gesund, die Beeren leuchtend, die Einmachgläser gefüllt. Unkraut, Schnecken, Schimmel, Gestank – all das kommt nicht vor. Wie sich das alles neben Studium und

Geldverdienen ausgehen soll? Optimismus, jugendliche Energie und der Wille zur Weltverbesserung scheinen unerschöpflich. Es würde sich schon irgendwie fügen.

Im Frühsommer 1974 ist es so weit. Ein Bauer hat neu gebaut und vermietet sein altes Haus günstig an junge Leute. Von Ismaning aus liegt es noch ein Stück weiter weg von München, im flachen Erdinger Moos. Erst ist man zu viert, dann zu sechst. Achim mit seiner neuen Freundin ist dabei, das dritte einziehende Paar kommt aus Frankfurt und importiert seine großstädtische Kommunen-Erfahrung in die bayerische Provinz. Der letzte Schrei ist das gemeinsame Schlafzimmer. Niemand soll einen anderen Menschen als Besitz betrachten, alle Lebensbereiche sind politisch, und alles Politische ist privat. Der größte Raum im Haus soll also zum Schlafzimmer werden. Die sechs Matratzen, die aus den Betten geholt werden, füllen nebeneinander liegend den ganzen Boden aus. Man geht an diesem Abend mit klopfendem Herzen schlafen. Alle liegen brav nebeneinander, niemand hat Sex. Luna fühlt sich ans Kinderheim erinnert. In der Früh wecken sie Geräusche aus dem kleinen Nebenzimmer – eines der Paare ist nebenan miteinander zugange. Danach kommen sie zurück und legen sich brav auf ihre Matratzen.

Nach der zweiten Nacht zieht Luna wieder aus.

»Sei doch nicht so prüde«, sagt die Frankfurterin.

»Müde. Ich kann nicht richtig schlafen so.«

»Sie hat recht«, lacht ein anderer, »ich komm mir auch vor wie bei der Bundeswehr. Da waren wir zu acht in einer Stube. Und Partnertausch wär sowieso nix für mich.«

»Ihr seid halt einfach noch nicht so weit, bewusstseinsmäßig«, sagt der Frankfurter.

Achim wird in diesem Sommer zur Bundeswehr eingezogen. Sein Antrag auf Kriegsdienstverweigerung wird in erster Instanz abgelehnt, und obwohl die Berufung noch läuft, wird er aufgefordert, sich am 1. Juli in einer Luftwaffenkaserne in der Eifel einzufinden. Er und Günter, auch ein Kriegsdienstverweigerer aus München, lehnen es ab, die Uniform anzuziehen und eine Waffe zu berühren. Sie kommen für einen Tag wegen Befehlsverweigerung in den Arrest. Zweimal wiederholt sich das Ganze, dann fassen sie sechs Tage Disziplinararrest aus. Sie treten daraufhin in einen Hungerstreik. Mit Briefen halten sie Kontakt zu *Amnesty International*, zu einer Aktionsgruppe, die immer wieder laut vor der Kaserne protestiert, und zur Deutschen Friedensgesellschaft, die dafür sorgt, dass manche Medien darüber berichten.

Auf die sechs Tage Arrest und eine neuerliche Weigerung folgt eine 21-tägige Gefängnisstrafe, die vom Truppendienstgericht verhängt wird. Günters zweiter Verhandlungstermin fällt in diese Zeit, er wird anerkannt und kann die Kaserne verlassen.

Zweimal reisen Achims WG-Freunde aus dem fernen München zur erlaubten Besuchsstunde an, zu viert mit einem VW Käfer, bei dem sich die Heizung nicht abstellen lässt, mitten im Sommer.

Achim werden 21 weitere Tage im Knast aufgebrummt. Ende August schließlich wird er »unehrenhaft aus der Deutschen Bundeswehr entlassen.«

Fünf Monate später wird er als Kriegsdienstverweigerer anerkannt, und er leistet seinen zweijährigen Zivildienst in einem Kindergarten ab. Was für das eine Gericht ein Vergehen ist, das mit Gefängnis bestraft wird, ist für das andere Gericht der Grund, seinem Antrag zu entsprechen:

Als er sich der Einkleidung widersetzte, Arreststrafen von ins-
gesamt fast 50 Tagen und sogar die Einleitung eines Strafver-
fahrens auf sich genommen hat, hat er deutlich gemacht, daß
kein Wehrpflichtiger derartige schwerwiegende Eingriffe in die
persönliche Sphäre in Kauf nehmen würde, dem die Entschei-
dung gegen den Kriegsdienst mit der Waffe kein innerlich
verbindlicher Zwang ist.

So lautet die Begründung des Verwaltungsgerichts München
im Jänner 1975.

29

Während in Lunas Umfeld jeder Lebensbereich nächtelang diskutiert, politisiert, analysiert und nach Möglichkeit in Selbstverwaltung gestaltet wird, fühlt sich Wien in dieser Hinsicht tot an, oder zumindest tief schlafend. Vorkommnisse wie die Besetzung des Amerlinghauses sind selten. Der zentral gelegene Stadtteil Spittelberg weckt die Begehrlichkeiten von Immobilienentwicklern. Das einst schmucke Ensemble aus Biedermeierhäusern verwahrlost, steht zum Teil leer oder wird für Arbeiterunterkünfte genutzt. Bald würde man argumentieren können, die Substanz sei nicht mehr zu retten, alles müsse abgerissen werden, um schöne neue Bauten zu errichten.

Im Sommer 1975 wird eines dieser Häuser besetzt. Es versteht sich von selbst, dass Luna bei ihrem nächsten Wien-Besuch hierherkommt. Viele Stunden verbringt sie im von Weinlaub überwachsenen Hof des Hauses mit den typischen Pawlatschen, einer durchgehenden Balustrade im ersten Stock. Bunte Glühbirnen leuchten abends stimmungsvoll. Hier verliebt es sich leicht.

Selbst wenn Luna in Wien ist, trifft sie ihre Schwester nur beim gemeinsamen Mittagessen, das Nina für ihre Töchter kocht. Die Interessen der Schwestern sind in diesen Jahren so weit voneinander entfernt wie nie zuvor. Lara würde Luna niemals ins Amerlinghaus begleiten, und Luna langweilt sich mit Laras Freunden.

30

Es war fast undenkbar, dass Karl die Aufmerksamkeit der Geheimdienste nicht auf sich ziehen würde. Einer, der in zwei Ländern, die sich im Kalten Krieg feindlich gegenüberstehen, zu Hause ist, der beide Sprachen und Mentalitäten kennt und noch dazu beruflich über Kontakte zu westlichen Konzernen und Wissenschaftlern auf der einen, der kapitalistischen Seite, und zu hohen Beamten und Wissenschaftlern auf der anderen, der sowjetischen Seite, verfügt.

Bayerisches Oberstes Landgericht
Geschäftsnummer ObGs 5/76

München, den 1. April 1975
LADUNG
Strafsache gegen Karl Arnautovic
wegen Verdachts der geheimdienstlichen Tätigkeit

Zur Vernehmung über die gegen Sie erhobenen Beschuldigungen werden Sie geladen auf
Donnerstag, 8. April 1975, 9:00 Uhr, Zimmer 304 III
Falls Sie ohne ausreichende Entschuldigung ausbleiben, kann Ihre Vorführung angeordnet werden.

Hochachtungsvoll
(Unterschrift) Urkundsbeamter der Geschäftsstelle

München, den 24. Juni 1975

VS – VERTRAULICH!

Strafverfahren gegen Arnautovic Karl wegen geheimdienstlicher Agententätigkeit

Beilage: Eine Ausfertigung der Anklageschrift

Sehr geehrter Herr Arnautovic!

Als Beilage erhalten Sie die Anklageschrift mit der Aufforderung, innerhalb von 2 Wochen zu erklären, ob Sie die Vornahme einzelner Beweiserhebungen vor der Entscheidung über die Eröffnung des Hauptverfahrens beantragen oder Einwendungen gegen die Eröffnung desselben vorbringen wollen (§ 201 Abs 1 der Strafprozeßordnung).

Sie werden besonders darauf hingewiesen, daß Sie die Anklageschrift an keinen Unbefugten gelangen lassen und ihren Inhalt keinem Unbefugten bekanntgeben dürfen, weil Sie damit unter Umständen Staatsgeheimnisse offenbaren würden. Die Anklageschrift wird Ihnen nur für die Dauer des Eröffnungs- und Hauptverfahrens ausgehändigt und muß dem Gericht unaufgefordert zurückgegeben werden.

Der Vorsitzende des 3. Strafsenats (Unterschrift)
Vorsitzender Richter am BayObLG

Bayer. Oberstes Landesgericht
Im Namen des Volkes

URTEIL

Stempel: VS – Vertraulich

Zur besonderen Beachtung

*Dieses Schriftstück ist vertraulich. Es darf anderen weder
überlassen noch seinem Inhalt nach mitgeteilt werden.
Auf die Strafbestimmung in § 353c des Strafgesetzbuchs wird
hingewiesen.*

*Der Strafsenat des Bayerischen Obersten Landesgerichts hat in
dem Strafverfahren gegen*

Arnautovic Karl

wegen geheimdienstlicher Agententätigkeit

*aufgrund der öffentlichen Hauptverhandlung vom 14. und
15. Dezember 1975 in der Sitzung vom 15. Dezember 1975, an
der teilgenommen haben*

*1. als Richter der Vorsitzende Richter am Bayer. Obersten
Landesgericht Dr. G. sowie die Richter am Bayer. Obersten
Landesgericht R., Dr. Sch., B. und E.*

2. als Beamter der Staatsanwaltschaft Oberstaatsanwalt Dr. F.

3. als Verteidiger Rechtsanwalt W., München

*4. als Urkundsbeamter der Geschäftsstelle Justizhauptsekretär
Winkler am 14. Dezember 1975 als st. Urkundsbeamtin der
Geschäftsstelle Justizangestellte Sch. am 15. Dezember 1975*

für Recht erkannt:

*I. Der Angeklagte Arnautovic Karl Ferdinand Lassalle,
geb. am 8.7.1924 in Wien, österreichischer Staatsangehöriger,*

verh. Dolmetscher und Kaufmann, wohnhaft Karl-Theodor-Str.
102/II, 8000 München 40,
wird wegen eines Vergehens der geheimdienstlichen
Agententätigkeit zur Freiheitsstrafe von 6 Monaten verurteilt.

II. Die Vollstreckung der Strafe wird zur Bewährung ausgesetzt.

III. Der Angeklagte trägt die Kosten des Verfahrens.

Angewandte Strafvorschriften: §§ 99 Abs. 1 Nr. 1, 56 StGB.

Karls Anwalt legt Berufung ein. Die Strafe wird zur Bewährung auf zwei Jahre ausgesetzt. Während dieser Zeit darf er nicht in die Sowjetunion reisen. Um seine Geschäfte weiterzuführen und seine Partner nicht zu verlieren, ist er in dieser Zeit weiterhin als Vermittler für deutsche Unternehmen tätig, ist aber durch das Reiseverbot stark eingeschränkt.

Als er dann wieder reisen darf, verbringt er mehr Zeit in Moskau als bei seiner Familie in München. Als Luna ihn einmal dort besuchen kommt, erlebt sie eine Überraschung: Sein Kleiderschrank im Moskauer Hotelzimmer, das er ständig gemietet hat, ist eine exakte Kopie jenes in seinem Münchner Schlafzimmer. Die Anordnung der Regale ist gleich, die Krawatten und Gürtel hängen an den gleichen Stellen, und beim Öffnen der Türen entströmt sogar der gleiche Duft nach seinem Rasierwasser. Längst gibt es auch eine Frau, die sich hier in Moskau um die Ordnung im Schrank und um den Mann kümmert. Was die Ehefrau in München in seine Koffer packt, packt die Geliebte in Moskau aus – und umgekehrt.

31

Deutschland wird seit Jahren von der »Roten Armee Fraktion« terrorisiert. Brandstiftungen, Banküberfälle, Befreiungsaktionen, Geiselnahmen, Morde. Politiker, Behörden und Polizei sind übernervös. So erwischt es auch die Ränder. Noch vor dem so genannten »Deutschen Herbst« 1977 werden ständig Fahrzeuge angehalten und durchsucht. Beim kleinsten Verdacht werden Hausdurchsuchungen dort durchgeführt, wo man vermutet, dass gesuchte Personen sich verstecken könnten.

Später weiß man: Sie liegen falsch mit der Annahme, Terroristen würden sich in WGs voller junger Chaoten verbergen. Wer im Untergrund lebt, gibt sich eher den Anschein grauer Bürgerlichkeit. Man trägt die Haare kurz, kleidet sich durchschnittlich, bewohnt ein einfaches Apartment in großen Anlagen, zahlt pünktlich die Miete, geht regelmäßig aus und ein, wie zur Arbeit, und grüßt höflich die Nachbarn, die einander nicht kennen.

Eines Morgens wacht Luna auf und blickt in den Lauf einer Waffe. Die Hand, die sie hält, zittert. Sie gehört einem jungen Mann, nicht älter als sie selbst. Luna hat Angst, das Zittern könnte einen Schuss auslösen. Sie bleibt unbeweglich liegen.

»Aufstehen! Anziehen! Mitkommen!«

»Ich steh erst auf, wenn du das Ding wegtust.«

Luna und ihre Mitbewohnerinnen und -bewohner stehen schlaftrunken im Flur, während Polizisten ihre Zimmer durchwühlen. Von keinem ist zu erfahren, was eigentlich los ist und was sie suchen.

Dann ab ins Landeskriminalamt. Alle bekommen ihren schweigenden Bewacher und sitzen mit ihm in einem der vielen Räume des sechsstöckigen Baus. Immer noch hat niemand eine Ahnung, worum es eigentlich geht.

Ein Beamter in Zivil betritt das Zimmer. Luna soll beschreiben, wie sie den Vortag verbracht hat, bitte so genau wie möglich. Sie erinnert sich an die Schulung, an der sie einmal teilgenommen hat: »Wie verhalte ich mich, wenn ich in Polizeigewahrsam gerate?« Die Regeln entstammen dem »Handbuch der Stadtguerilla«. Demgemäß beantwortet sie die Fragen nach Name, Geburtsdatum und Adresse, danach schweigt sie. Man lässt sie eine halbe Stunde sitzen, dann wiederholt sich das Ganze. Mehrmals.

Ein älterer Beamter kommt ihr bayerisch gutmütig. »Jetzt kommen S' schon, Ihr Freund hat uns schon alles g'sagt.« Aha!, denkt sie, Bullentrick Nummer 1. Der braucht nicht glauben, dass ich darauf reinfalle. Dann führt man Guy kurz vor, der nickt ihr zu, gleich schließt sich die Tür wieder hinter ihm.

So ein Schwächling, denkt Luna.

Macht immer auf großer Revoluzzer, und dann knickt er sofort ein. Ich bin anders. Aus mir kriegt keiner auch nur ein Wort heraus.

Stunden vergehen.

»Jetzt kommen S' schon, wir sind alle müde, die Kollegen würden gern nach Hause gehen, und Sie doch auch. Sie haben gestern Führerscheinprüfung gehabt? In Schwabing. Stimmt's? Wir haben das schon überprüft.«

»Ja und?« Luna geht es nur noch ums Prinzip, sie will sich selbst ihre Entschlossenheit und Standhaftigkeit beweisen. Ihr Starrsinn soll nicht vergeblich gewesen sein.

»Wir brauchen Ihre Aussage. Dann können Sie sofort gehen.«

»Erst will ich wissen, um was es überhaupt geht bei dieser Scheiße hier. Sind Sie schon einmal mit einer Knarre vor der Nase aufgewacht?«

»In Nürnberg hat es am Vormittag einen bewaffneten Banküberfall gegeben. Die Täter sind mit einem VW-Bus geflüchtet. In eurer Wohnung sind Fotos von einem der Verdächtigen gefunden worden. Wir glauben, dass er nach München gefahren ist.« Er reicht ihr ein Foto. »Kennen Sie diesen Mann?«

»Nein.« Sie erkennt nur die Frau neben ihm, die war ein-, zweimal bei einer Mitbewohnerin zu Besuch, aber das sagt sie nicht.

»Sie müssen doch nur bestätigen, dass Sie um zehn Uhr Vormittag gerade Ihre Fahrprüfung gehabt haben.«

»Da bin ich durchgeflogen. Und wer bringt mich um diese Uhrzeit wieder heim?«

Luna und Guy hängen müde in den Rücksitzen des Streifenwagens, der sie im Morgengrauen zurückbringt. Dass sie sich absurd lächerlich verhalten hat, will sie sich noch nicht eingestehen. Sie schweigt ihren Freund an. Heute Nacht hat er etwas von seinem Lack verloren. Aber sie auch von ihrem.

»Ihre befristete Aufenthaltsbewilligung für die Bundesrepublik Deutschland wird nicht mehr verlängert. Sie werden daher aufgefordert, bis zum Jahresende 1979 in Ihre Heimat zurückzukehren.«

Was denn für eine Heimat?

Luna lebt seit ihrem zwölften Lebensjahr in München. Jetzt ist sie 24 und hat nie daran gedacht, anderswohin zu gehen. Es hat mehr als genug Ortswechsel in ihrem Leben gegeben, findet sie. Sie zählt, wie oft sie die Schule oder Klasse, manchmal mitten im Schuljahr, gewechselt hat, und kommt auf zwölfmal.

Allein in den ersten vier Volksschuljahren sind es sechs Wechsel. So lange wie jetzt war sie noch nie an einem Ort, und ihr steht der Sinn überhaupt nicht nach Veränderung. Warum sollte sie auch weg von ihrem Freundeskreis, von ihrer Wohngemeinschaft, ihren Zukunftsplänen? Und was ist mit ihrer Beziehung? Nein. Das kann nicht sein.

Ein befreundeter Anwalt verlangt Akteneinsicht.

»Unerwünschte Ausländerin. Studium abgebrochen, mehrmaliges Schwarzfahren, verkehrt in der Alternativ- und Atomkraftgegnerszene, und es gab schon einmal den Verdacht, sie hätte Kontakte zu Sympathisanten der RAF.«

Das Sagen in Bayern hat in diesen Jahren Franz Josef Strauß als Ministerpräsident, und der fährt einen scharfen Kurs.

Möglicherweise hat auch die Verurteilung ihres Vaters damit zu tun. Den Deutschen und ganz besonders den Bayern zischt das Wort »russisch« gefährlich in die Ohren. Karl hat längst eine ständige Aufenthaltsbewilligung, ihn wird man nicht mehr los. Lunas Status muss alle paar Jahre verlängert werden.

Dem Anwalt gelingt es, noch ein weiteres Jahr herauszuschlagen, damit seine Mandantin geordnet ihren Umzug nach Österreich organisieren könne. Spätestens zum Jahresende 1980 habe sie Deutschland zu verlassen.

Sie sucht nach Motiven, die für Wien sprechen. Dass Großmutter, Mutter und Schwester dort leben, hat wenig Bedeutung. Sie ruft sich Bilder ihrer letzten Besuche in Erinnerung.

Samstag, 31. Juli 1976, Semesterferien. Luna sitzt bis Linz am Steuer. Im zweiten Anlauf hat es geklappt, und sie besitzt jetzt seit wenigen Tagen einen Führerschein. Zu viert sind sie mit dem VW-Bus der Wohngemeinschaft unterwegs, sie wollen ein paar Tage in Wien verbringen und dann das Burgenland erkunden. Dort soll es eine Künstlerkommune geben, und einen Steinbruch mit Skulpturen. Zwei schlafen im Bus, Luna und ihr Freund kommen bei Nina in Laras ehemaligem Kinderzimmer unter.

Um sechs Uhr früh schrillt das Telefon in der Alliierten-straße.

»Hallo?« Lunas Stimme ist belegt vom Schlaf.

»Herr im Himmel, Gott sei Dank!« Eine schrille hohe Stimme, erst beim zweiten Satz erkennt Luna ihre Großmutter.

»Die Reichsbrücke ist eingestürzt. Gerade haben sie im Radio gesagt, ein blauer Kleinbus wurde abgetrieben ...«

Bevor es ins Burgenland geht, muss Luna ihren Freunden die »Arena« zeigen. Der ehemalige Auslandsschlachthof St. Marx ist seit einem Monat besetzt. Bevor das riesige Gelände von der Stadt verkauft werden soll, nutzt man es für Veranstaltungen im Rahmen der Wiener Festwochen. Den Künstlerinnen und dem Publikum gefallen die schönen roten Backsteinhäuser, die Bausubstanz ist gut, und die Anlage hat viel Freifläche. Und so bleiben sie nach der Abschlussveranstaltung einfach da. Sie fordern ein selbstverwaltetes Kulturzentrum mit ganzjährigen Veranstaltungen, aber auch Räumlichkeiten für verschiedene Initiativen. Und man führt gleich vor, wie sich das gestalten könnte. Sympathisierende Stars geben Gratiskonzerte, machen Lesungen, spielen Theater. Während die Kinder betreut werden, hält man Tanz-, Theater oder Akrobatik-Workshops ab.

Dann ist der Wiener Summer of Love vorbei, im Oktober reißt die Stadt die »Arena« ab.

Aber die Saat, die gestreut wurde, geht auf. Seither verändert sich Wien, wird offener, bunter. Luna sammelt Pluspunkte für die Stadt, die ihr neues Zuhause werden soll.

32

Der 1. Mai 1981 ist ein Freitag, und Luna ist für ein paar Tage in Wien. Ihr Entschluss, probeweise hierherzuziehen, steht so gut wie fest, und sie sieht sich nach einer billigen Wohnung um.

Am frühen Abend sitzt sie in der Küche von Laras geräumiger Wohnung im siebten Bezirk, die sie mit Lebensgefährten und kleinem Sohn bewohnt, und studiert die Wochenendausgaben mit den Wohnungsanzeigen, als im Radio von einer Hausbesetzung die Rede ist. Luna horcht auf. Die Windmühlgasse ist ganz in der Nähe, nur wenige Gehminuten von der Neubaugasse entfernt. Es regnet, aber Lunas Neugier ist erwacht, sie muss einfach hin und schauen, was sich dort tut. Sie weiß: Eine Hausbesetzung braucht immer auch Unterstützung von der Straße.

Kaum ist sie angekommen, beginnt die Räumung. Polizeiautos sperren den Bereich ab. Uniformierte und auch Beamte in Zivil führen junge Männer und Frauen aus dem Haus, sie schnappen sich aber auch wahllos Passanten. Noch bevor Luna kapiert, was los ist, wird sie gepackt, der Schirm wird ihr entrissen, und sie wird grob in einen Kastenwagen gestoßen.

Ziel ist die »Liesl«, so nennen die Wiener das Polizeigefangenenhaus nach seiner früheren Adresse an der Elisabethpromenade. Aus den Erzählungen ihrer Großmutter Eva weiß Luna, dass sich in der Zeit des Austrofaschismus im Keller dieses mächtigen Eckhauses Folterkammern befunden haben.

In einem großen, nüchternen, neonbeleuchteten Raum sind an den Wänden Bänke aufgestellt, dort sitzen bereits etwa fünfzehn junge Leute, als Luna mit weiteren zehn Personen hineingeführt wird. Es ist sehr still, niemand spricht. Das Interesse aller gilt einer getigerten Katze, die um die vielen Beine streicht und sich kraulen lässt. Die wohnt hier, erklärt ein Wachmann. Immer wieder wird jemand zur Feststellung der Personalien samt Abnahme von Fingerabdrücken geholt. Danach dürfen sie gehen. Luna hat keinen Ausweis dabei und muss zurück in den Wartesaal. Es ist drei Uhr in der Nacht, als man sie wieder in eine Amtsstube holt.

»Wer kann Ihre Identität bestätigen?«

»Meine Schwester.«

Lara wird vom Schrillen des Telefons aus dem Schlaf gerissen.

»Hier ist die Polizei. Haben Sie eine Schwester?«

Lara erschrickt zu Tode.

»Was ist passiert?«

»Wir haben hier eine Frau, die behauptet, Ihre Schwester zu sein. Angeblich liegt ihr Reisepass in ihrer Handtasche, in Ihrer Wohnung.«

Lara spürt große Erleichterung. Luna lebt.

»Hallo?«, bellt es aus dem Hörer. »Können Sie das bestätigen?«

»Ja! Ja! Was ist denn los?«

»Wenn Sie möchten, dass Ihre Schwester freikommt, bringen Sie ihren Pass in die Rossauer Lände 7–9.«

Lara nimmt ein Taxi.

Es dämmert gerade in einen weiteren Regentag, als die Schwestern die »Liesl« verlassen.

Zurück in München, erreicht Luna ein amtliches Schreiben. Ein Wiener Anwalt vertritt die ganze Gruppe.

Das Verfahren wird nach einigen Monaten eingestellt.

33

Luna liegt auf einer Matratze am Boden und hat Fieberträume. Der grippale Infekt kündigt sich schon beim Umzug an, den sie ganz allein mit dem ausgeborgten Mercedes-Kombi ihres Vaters bewerkstelligt. Kaum sind die letzten Gegenstände in den dritten Stock geschleppt, kann sie sich nicht mehr auf den Beinen halten.

Sie hat weder Lebensmittel noch Medikamente besorgen können. Es gibt noch kein Telefon, aber sie hätte es vielleicht zum Münzautomaten an der Ecke geschafft. Oder sie hätte die ältere Frau, die sie so freundlich als neue Nachbarin begrüßt hat, bitten können, ihren Apparat für ein Ortsgespräch zu nutzen, um Mutter oder Schwester anzurufen. Sie kann es sich selbst nicht erklären, warum sie sich davor scheut. Noch sind ihr die beiden seltsam fremd, sie möchte sie nicht belasten. Eine Portion Scham ist auch dabei.

Sie versucht so viel wie möglich zu schlafen. Öffnet sie die Augen, blickt sie auf Umzugskartons, die sich in der kalten, dunklen Wohnung um die Matratze herum stapeln. Sie wollte kein Geld in eine Renovierung der billigen Substandard-Wohnung stecken, ist sie doch erst einmal als Provisorium gedacht. Die Miete für ihr WG-Zimmer in München überweist sie weiter. Ein schwuler Münchner Freund hat sich bereiterklärt zu einer Scheinehe, sollte Luna es in Wien nicht aushalten.

Die Viren haben ihr Werk erledigt, Luna erhebt sich wie aus der Asche, und jetzt kommt die Euphorie. Sie war ganz unten, und jetzt kann es nur noch aufwärts gehen. Ihr Wiener Leben beginnt.

Sie bestellt Strom, Gas und Telefonanschluss. Sie lässt sich von Laras Lebensgefährten helfen, die vergilbten Tapeten herunterzureißen und die Wände mit Raufaser zu bekleben. Sie holt sich auf dem Flohmarkt Bretter für ein Bücherregal und klaut von einer Baustelle drei Paletten für die Matratze. Sogar das Putzen ist lustvoll. Sie baut sich ihr erstes eigenes Nest und sorgt jetzt nur für sich allein. Wenn sie kocht, geraten ihr die Portionen noch längere Zeit zu groß. Die Nabelschnur zu München pulsiert immer schwächer.

Die schwere elektrische Kugelkopf-Schreibmaschine, die sie sich in München vom Gehalt eines Sommerjobs gekauft hat, sichert ihr ein erstes Einkommen. Ein Student der Zeitgeschichte, ein Wiener, den sie in München kennengelernt hat, ist an einem der ersten Oral-History-Projekte, das die Uni Wien gemeinsam mit dem Dokumentationsarchiv des österreichischen Widerstandes durchführt, engagiert. Er vermittelt Luna ihren ersten Job. Sie transkribiert Interviews von Zeitzeuginnen und Zeitzeugen.

Gleichzeitig lässt sie sich in Orientalischem Tanz ausbilden und tritt bald in Lokalen und bei Veranstaltungen auf. Gemeinsam mit einer zweiten Tänzerin erarbeitet sie mit dem ägyptischen Choreografen eine abendfüllende Show. Sie macht sich keine Gedanken darüber, dass sie keine Steuern zahlt und keine Versicherung hat, oder dass sie sich an einer fremden Kultur bereichert.

Ihre Herkunft lässt sie nicht los. Bereits mit sechzehn Jahren hat sie an der Münchner Volkshochschule kyrillisch lesen und schreiben erlernt, und jetzt besucht sie Vorlesungen am Slawistik-Institut. Sie interessiert sich für russische Literatur und für

Volkstänze verschiedener Sowjetrepubliken. Als Doppelstaats-
bürgerin besitzt sie einen russischen Pass, was ihr das Reisen erleichtert. Bei einem ihrer Aufenthalte in Moskau lernt sie Leo
kennen, der ihr Ehemann und Vater ihrer beiden Kinder werden
wird (obwohl beide die Diagnose »nicht fortpflanzungsfähig«
haben, aber das ist eine andere Geschichte).

34

Als sie und Leo ein Paar werden, reist Luna fast monatlich nach Moskau. 1985, im Perestroika-Jahr, wird in Wien ihre erste Tochter geboren. Leo darf nicht dabei sein. Jedes Jahr stellt er einen Besuchsantrag, aber erst 1988 wird die Ausreise bewilligt.

Am billigsten und bequemsten ist es, mit dem Zug zu reisen. Dreimal wöchentlich fährt ein Kurswagen vom Wiener Südbahnhof nach Moskau. Im Sommer nimmt er die schnellere, 33 Stunden dauernde Route über Tschechien, Polen und Weißrussland, im Winter geht es in 44 Stunden durch Ungarn und die Ukraine.

Abfahrt Wien-Südbahnhof, 21:15 Uhr, Gleis 11. Bis Marchegg werden die Zugestiegenen damit beschäftigt sein, das Gepäck zu verstauen und ihre Plätze zu verhandeln. Platz Nummer 51, sagt Lunas Fahrschein, aber der Waggon hat nur 36 Plätze. Unteres Bett, sagt der Fahrschein, aber fast alle haben Tickets, die die Reservierung eines bequemen unteren Platzes ausweisen. Weiblich, sagt der Fahrschein, aber da sitzen schon zwei Männer im Abteil.

Schließlich hat sich alles sortiert. Die resolute Zugbegleiterin weist neue Coupés zu, am Ende legt sich die allgemeine Aufregung, doch noch denkt niemand ans Schlafengehen. Morgen Abend wird die Nacht herbeigesehnt werden. Heute werden erst einmal Bekanntschaften geschlossen. Die Abteiltüren stehen offen, viel Bewegung auf dem Gang. Tee wird serviert, das Nachtmahl ausgepackt und die Mitreisenden großzügig zum Zugreifen ermuntert. Wer allein isst, stirbt allein, sagt das Sprichwort. Die Leselämpchen werden getestet, nicht jedes funktioniert. Eine Leiter fehlt, man wird sich ohne behelfen müssen.

Die Schlafwagenschaffner sind die Herbergseltern, sie verteilen Bettwäsche und Handtücher. Die Fahrgäste beziehen ihre Betten selbst, ohne Klassenunterschied. Aber natürlich gibt es den. Zahlt ein Erste-Klasse-Passagier den doppelten Preis, hat er das ganze Abteil für sich; wenn nicht, teilt man sich den Raum mit jemand anderem. Zweiter Klasse fährt man zu dritt, übereinander. Hier müssen Schlaf- und Sitzzeiten verhandelt werden, weil die mittlere Liege auf- oder weggeklappt wird. Luna fährt meistens Zweiter Klasse, später, mit Kind, leistet sie sich ein eigenes Abteil.

Die ersten Pass- und Zollformalitäten werden abgewickelt. Draußen ist jetzt die Slowakei, hier drinnen geht der Nestbau weiter.

Der Zug hält oft, wechselt jedes Mal die Fahrtrichtung. Mitternacht ist längst vorbei, bis er einen ruhigeren Puls findet auf seinem Weg durch die Tatra.

Zwei Meter lang, zwei Meter breit, das wird Lunas Zuhause für die kommenden Stunden sein. Eine Nacht und einen Tag und noch eine Nacht wird sie hier essen und trinken, lesen, stricken, sich langweilen oder mit den Nachbarn Karten spielen. Hier wird sie sich waschen, die Zähne putzen und sich ein Nachthemd anziehen. Die Stunden im Schlaf dürfen ungezählt bleiben.

Jede dieser Fahrten ist – bei aller Gleichförmigkeit – anders. Das liegt an den unterschiedlichen Mitreisenden, am mehr oder weniger strengen Regime der Zugbegleiter, oder auch am Wetter.

Es kommt der Winter 1986/87. Europa wird von einem besonders schneereichen Winter heimgesucht. Verwehungen las-

sen auf ungarischen Autobahnen in wenigen Minuten Schnee-
berge wachsen, Autos können nicht mehr weiterfahren, darin erfrieren Menschen. In Wien gibt es über Nacht fast keinen
Autoverkehr mehr, man findet sein Fahrzeug nicht mehr. Aber
es auszubuddeln wäre ohnehin sinnlos, im tiefen Schnee wäre
kein Fortkommen.

Beim Einsteigen am Kiewer Bahnhof in Moskau herrscht
ein gewöhnlicher russischer Winter. Zärtlich verabschiedet
sich Leo von seiner kleinen Tochter, in vier Wochen soll es ein
Wiedersehen geben. Seine Familie begleiten kann er nicht. Der
Sowjetbürger erhält immer noch keine Ausreiseerlaubnis.

Die jüdische Emigration der frühen Achtziger ist vorbei, damals wurden täglich zwei voll besetzte Kurswagen zwischen
Moskau und Wien geführt. Heute sind nur wenige Menschen an
Bord. Der Windelvorrat ist reichlich bemessen, genug für etliche
Stunden Verspätung. Als kurz nach der ukrainisch-tschecho-
slowakischen Grenze die Schneemassen das Weiterkommen
verhindern, rollt man den Waggon auf ein Nebengleis, um die
Hauptstrecke frei zu halten für die mächtige Räumlok, die erwartet wird.

Ob diese Lok nicht durchgekommen ist? Oder ob man den
abgekoppelten Wagen schlicht vergessen hat? Nachdem alle mit-
geführte Kohle und dann sogar die hölzernen Kleiderhaken –
drei Stück pro Abteil – im Heißwassersamowar verheizt sind,
wird es gespenstisch ruhig. Dick angezogen kuschelt Luna sich
mit ihrem Kind unter mehreren Decken zusammen, die Kleine
hat aufgehört zu raunzen, der Hunger hat längst nachgelassen,
und eigentlich spüren die Passagiere die Kälte gar nicht mehr.
Groß ist der Unwille aller, als der Zugbegleiter sie im Befehlston aus dem Schlaf reißt und zu Bewegung zwingt. Was wird das
für ein Bild abgegeben haben: ein älterer Herr, eine Delegation

der Tageszeitung *Prawda*, eine Frau mit Kleinkind, irgendwo in einer riesigen Schneewüste, hüpfend und sich verrenkend im schmalen Gang eines ausgekühlten Schlafwagens. Ein Schaffner als Vorturner, während der andere sich – wieder einmal – auf Erkundung durch den Schnee gemacht hat, zu dem kleinen Grenzbahnhof Čierna nad Tisou. Dieser Ort hat Berühmtheit erlangt, als sich im Sommer 1968 der tschechoslowakische Generalsekretär und Leitfigur des Prager Frühlings Alexander Dubček und der sowjetische Generalsekretär Leonid Breschnew für wenige Stunden mit ihren Delegationen in einem kleinen Kinosaal in Bahnhofsnähe trafen. In Breschnews Luxuswaggon fanden sich die beiden Staatsmänner anschließend zu einem Gläschen ein, und der »Sozialismus mit menschlichem Antlitz« war mit den kurz darauf folgenden Ereignissen in Prag Geschichte.

Einer der Turnenden ist der weltberühmte Pianist Swjatoslaw Richter. Ein stiller, sehr zurückhaltender Mann. Aus Flugangst nimmt er lieber die Bahn und bucht immer zwei Abteile – eines für das Gepäck und eines für sich. Und jetzt muss er in einem Zug gegen das Erfrieren turnen.

Windeln werden nur noch gewechselt, wenn es gar nicht mehr anders geht. Als sämtliche Lebensmittel aufgebraucht, die letzten trockenen Kekse zusammengesammelt und ans Kind verschenkt sind, Wasser nur noch aus dem Kanister kommt, den der Schaffner bei seinen Gängen vom Bahnhof herbeischleppt, entschließt Luna sich, ihn beim nächsten Mal zu begleiten. Es muss doch in einem Bahnhof etwas aufzutreiben sein. Sie lässt das kleine Mädchen in der Obhut der Mitreisenden und kämpft sich hinter dem Zugbegleiter durch den hüfthoch liegenden Schnee. Der Bahnhof ist fast menschenleer. Der Fahrkartenschalter ist geschlossen – niemand reist heute –, einzig ein Kiosk ist geöffnet. Was für ein Glück! Gleich darauf die Enttäuschung: Die Verkäuferin darf nur Kronen annehmen, keine Rubel und keine Schillinge. Verzweifelt blickt Luna sich in dem ungeheizten Saal um und entdeckt in einem kleinen Nebenflur eine Tür mit einem aufgemalten Roten Kreuz. Die Frau dahinter trägt einen weißen Kittel, versteht Russisch und hat Mitleid. Sie greift nach ihrer Geldbörse. Zusammen gehen sie zum Kiosk, und sie kauft für Luna einen Liter Milch.

Eine weitere Nacht und etliche Turnstunden später kommt endlich die Räumlok, und man hängt den Wagen an den erstbesten Zug, der Richtung Westen fährt. Mehrmals wird er umgehängt, verschoben, stehengelassen, aber er bewegt sich doch immer wieder ein Stück vorwärts und erreicht schließlich Bratislava. Mit einem Mal weiß man sich in der Zivilisation.

Ein russisch sprechender Mann kommt herein mit dem Auftrag, die Delegation der *Prawda*, fünf Personen, mit einem Kleinbus abzuholen.

»Swjatoslaw Richter ist an Bord«, sagt eine Frau.

»Es gibt einen Platz für ihn«, sagt der Fahrer.

»Ich habe viel Gepäck«, sagt Richter.

»Kriegen wir hin, zur Not schnallen wir's aufs Dach.«

»Und die Frau mit Kleinkind?«

»Das wird sich beim besten Willen nicht ausgehen.«

Blicke werden getauscht.

»Dann bleiben alle.«

Es nützt nichts, dass Luna wortreich und dankend ablehnt.

»Jetzt bleiben wir bis zum Schluss zusammen.«

Der Fahrer blickt noch einmal in die Gesichter, alle schütteln leicht den Kopf. »Verstanden. Na dann, gute Weiterfahrt.«

Die Reisenden sind nach über achtzig Stunden in diesem Waggon erschöpft, unrasiert, ungewaschen, ihre Kleider muffeln, die letzte Windel geht längst über, als sie die Grenze zu Österreich passieren.

Der Herr, der in Marchegg zusteigt, wirkt wie ein Außerirdischer – oder wie der Engel am Eingang zum Paradies? Seine Schuhe glänzen, sein Gesicht ist glatt, Anzug, Krawatte und Mantel sitzen perfekt, nicht ein Haar liegt falsch, und er verströmt einen betörenden Duft. Alle treten aus ihren Abteilen, um diese Erscheinung zu bestaunen.

»Ist eine Frau mit Baby an Bord?«

Luna erschrickt, dann hebt sie zögernd die Hand, bereit, ihr Kind mit Zähnen und Klauen zu verteidigen. Der Engel stellt sich in Position, hebt sein Kinn leicht an und sagt seinen Satz auf:

»Mich schickt das Außenministerium. Sie befinden sich jetzt auf österreichischem Staatsgebiet. Ich soll Ihnen ausrichten, dass alles in Ordnung ist und dass Ihre Schwester Sie in Wien erwartet«, dann schwebt er davon, nur sein Duft bleibt noch eine Zeitlang stehen.

Lara hat in den letzten Tagen verschiedenen Behörden die Türen eingerannt. Sie meldet ihre Schwester bei der Polizei als vermisst. Sie spricht bei der sowjetischen Botschaft und beim Konsul der ČSSR vor. Alle erklären sich für nicht zuständig. Die UdSSR kann nachweisen, dass der Zug ihr Staatsgebiet regulär verlassen hat. In der ČSSR wurde keine Ankunft registriert. Dann setzt Lara stundenlang einem Beamten des österreichischen Außenministeriums zu und verlangt sein Tätigwerden, bis eine offizielle Note an die Botschafter beider Länder verfasst wird mit dem Ersuchen, Auskunft zum Verbleib der beiden abgängigen österreichischen Staatsbürgerinnen zu geben. Später entsendet das Ministerium dann seinen Engel nach Marchegg.

Niemand wartet am Südbahnhof. Wie denn auch, niemand

außer dem Ministerium weiß, an welchem Zug der Waggon hängt. Dass man der vor Sorge kranken Lara eine Ankunftszeit mitteilt oder auch nur, dass ihre Schwester und das Kind gesichtet wurden und wohlauf sind, gehört offenbar nicht zum Auftragsvolumen des Gesandten.

Die Schwestern haben wenig Kontakt in jenen Jahren, obwohl sie jetzt wieder in einer Stadt leben. Nach dieser Geschichte ist Luna gerührt von Laras Sorge und ihrem Kampfgeist. Wenn sie nur nicht auf so einem anderen Planeten leben würde. Oder ist es am Ende gar nicht so?

Ein weiteres dramatisches Ereignis wird noch stattfinden müssen, ehe Karls erste Töchter wieder richtig zueinanderfinden können.

35

Über dem sommerlichen Moskau hängt noch nächtlicher Dunst. In wenigen Stunden schon würde ein trockener, sonniger Tag die Morgenkühle vertrieben haben. Karl wacht immer kurz nach fünf Uhr auf. Eine ganze Stunde lang widmet er sich dem Frühstück und einer ausgiebigen Toilette. Es ist, als würde er den Schmutz und den Gestank seiner Lagerjahre täglich neu abwaschen wollen. Unterwäsche und Socken wechselt er täglich, das Hemd oft zweimal am Tag. Er benutzt teure Seifen und französisches Rasierwasser aus dem Zollfrei-Laden am Flughafen. Er überprüft seinen Mundgeruch und lutscht nach Bedarf bakterienkillende Drops. In seiner Aktentasche trägt er stets eine Kleiderbürste mit sich, die er oft benutzt. Kein Stäubchen soll die Anmutung eines gepflegten Mannes stören. Das gibt ihm Selbstsicherheit.

Um sechs Uhr dreißig verlässt er die Wohnung, die er vor zwei Jahren angemietet hat. Vorher schlief er in einem Apartment im Hotel Metropol, das er auch als Büro nutzte. Als die Sowjetunion keine mehr war, wurden die Wohnungen ins Eigentum der jeweiligen Bewohnerinnen und Bewohner übertragen. Ein wildes, oft kriminelles Spekulantentum brach sich Bahn. So manch alleinstehender alten Dame wurde ein verlockendes Angebot gemacht, und viele stimmten aus Not dem Verkauf ihrer Wohnungen zu, zu einem Preis, den der Käufer bestimmte und der einer Rentnerin märchenhaft hoch erscheinen musste. Im Vertrag wurde zudem garantiert, dass sie bis zu ihrem Lebensende das Wohnrecht behalten würde, ohne fortan Miete zu zahlen. Die Sterberate alleinstehender alter Frauen stieg im ganzen Land sprunghaft an.

Karls Wohnung vermittelte ein Makler, ein bislang völlig unbekannter Berufsstand. Vermieter ist eine Firma, die bereits mehrere Wohnungen in der Anlage nicht weit vom Stadtzentrum besitzt. Eine begehrte Gegend, und noch nach sozialistischer Weise erbaut, also mit viel Grünraum zwischen den Gebäuden, Spielplätzen und guter Infrastruktur drum herum. In den Höfen stehen niedrige langgezogene Schuppen, Garagen für die wenigen Autos, die einige der Mieter zu Sowjetzeiten besaßen. Oft wurden diese Garagen als Werkstätten genutzt, in denen sich der eine oder andere mit seiner Geschicklichkeit ein Zubrot verschaffte. In einer dieser Garagen steht jetzt Karls BMW. Er hat gerade den einen Flügel des Garagentores geöffnet, da spürt er, wie es ihm die Beine vom Boden dreht. Er hält es für einen kurzen Schwächeanfall, in letzter Zeit erlebt er sowas immer wieder, und will sich am Türstock festhalten, greift aber ins Leere. Es wird ihm schwarz vor Augen, und er braucht einen weiteren Moment, bis er kapiert: Das ist kein Schwindel, das ist keine Ohnmacht, das ist etwas anderes.

Seine Entführer wissen genau, wann ihr Opfer kommt, sie müssen ihn mehrere Tage lang beobachtet haben. Zu dritt fällt es ihnen leicht, den überraschten alten Mann zu überwältigen, ihm eine Mütze übers Gesicht zu ziehen, ihm den Schlüsselbund aus der Hand zu nehmen und ihn auf die Rückbank zu stoßen. Einer setzt sich neben ihn, einer bleibt so lange draußen stehen, bis der Dritte den Wagen aus der Garage gefahren hat, dann schließt er sorgfältig das Tor. Er setzt sich auf den Beifahrersitz, und das Fahrzeug gleitet langsam vom Hof.

Karl kann nicht fassen, was da gerade mit ihm passiert. Seine

Hände sind mit irgendetwas fixiert und liegen in seinem Schoß. Er nimmt noch wahr, dass das Auto nach links auf die Chaussee abbiegt, es geht also stadtauswärts. Aber schon bald verliert er jede Orientierung und jedes Zeitgefühl. Später wird er schätzen, dass die Fahrt eine Dreiviertelstunde gedauert haben könnte, für eine Stadt wie Moskau ist das keine sehr weite Strecke.

Der Lift fährt lange nach oben. Beim Aussteigen riecht es nach feuchtem Beton und frischer Wandfarbe. Das Geräusch von Schlüsseln, Karl wird geschoben, eine schwere Tür fällt ins Schloss.

Man setzt ihn auf einen Hocker, seine Hände sind immer noch gefesselt, die dicht gestrickte Wollhaube immer noch über Kopf und Augen gestülpt. Zwei Personen machen sich noch einige Minuten zu schaffen, schweigend, kein Wort ist gefallen auf der ganzen Fahrt. Dann durchschneidet jemand den dünnen Plastikdraht mit einem scharfen Messer, eilige Schritte, und gleich darauf fällt die Tür ins Schloss.

Karl reibt sich die schmerzenden Handgelenke, schüttelt seine steifen Arme aus – es dauert etwas, bis er die Kraft hat, sich die schwarze Mütze vom Gesicht zu ziehen. Er muss die Augen zusammenkneifen, so sehr blendet ihn die Helligkeit. Der Hocker steht mitten in einem Raum.

Karl erhebt sich und tritt ans Fenster. Mindestens fünfzehnter Stock, realisiert er, und es dürfte eines der höchsten Häuser hier sein. Rundherum eine neu erbaute Trabantenstadt, kein Gegenüber. Die Fenster lassen sich nicht öffnen. Kein Balkon. Er betritt das dunkle Vorzimmer. Die Wohnungstür ähnelt der Tür eines Panzerschranks und ist ebenfalls versperrt. Daneben stapeln sich drei Kisten mit Mineralwasser, darauf ein tragbares Fernsehgerät. Eine Tür führt zum winzigen Badezimmer mit WC. Karl kehrt ins Zimmer zurück und setzt seine Erkundung fort. Eine einfache Küchenzeile an der einen Wand, eine Bett-couch und ein Tisch an der anderen. Karl besieht sich die Dinge, die darauf liegen. Band 2 von Puschkins Gesammelten Werken, arg zerlesen und nach Keller riechend. Eine Packung mit sech-zig Schmerztabletten. Zahnputzzeug, Seife, eine Stange ameri-kanischer Zigaretten. Ein Paar neue Socken (zu groß), ein Set Unterwäsche, neu verpackt, sowie ein abgetragener Wollpul-lover. Zwei alte Handtücher und Bettzeug, das sich als zu klein erweisen wird für die dicke Steppdecke, die er in der Lade unter der Bettcouch findet.

Dann inspiziert er die Küchenschränke, das Notwendige ist da. Pfanne, Topf, Teller, ein Glas, Besteck. Der Kühlschrank ist gefüllt, samt Tiefkühlgerichten im Gefrierfach. Reis, Nudeln, Buchweizen, Haferflocken. Zwei Flaschen Cognac, wenn auch von der billigen Sorte. Es hätte schlimmer kommen können, denkt Karl. Gleich darauf überkommt ihn Panik. Er klopft die Taschen seines Sakkos ab. Sie sind leer. Die Männer müssen ihm alles abgenommen haben.

Die Entführer werden seine Gewohnheiten gut ausgekund-schaftet haben. Was sie nicht wissen können, weil Karl es vor al-len verheimlicht, ist seine Abhängigkeit. Seit Jahren nimmt er Schlafmittel gegen die nächtlichen Geister, die ihn immer öf-ter heimsuchen. Aber nicht wie in einem Traum, aus dem man schweißgebadet oder wie gelähmt erwachen darf mit der Ge-wissheit, es habe sich ja nur um einen Traum gehandelt. Man muss nur einige Minuten ruhig liegen bleiben und warten, bis sich das Rasen des Herzens beruhigt. Nein, Karl ist vermeint-lich wach, dieses Erleben ist so real und gegenwärtig und keine Flucht in einen anderen Zustand möglich. Er ist leibhaftig wie-der im Lager, er spürt die Kälte, den Hunger, die Verzweiflung. Und er erlebt wieder und wieder seinen ersten Mord, das Aufnahmeritual zur Gruppe der Kriminellen. Nichts nützt sich ab, nichts verschwimmt oder verwischt sich, im Gegenteil, von Mal zu Mal werden die Details immer deutlicher und schmerzhafter, als würden sie als Splitter in den Schädel dringen. Es nützt Karl nicht, sich immer wieder zu bestätigen, dass die Mitgliedschaft bei den »Dieben im Gesetz« ihm das Überleben im Gulag erst ermöglicht hat. Dagegen hilft nur Betäubung, und im Lauf der Zeit ist die Dosis immer höher geworden. Wie auch die Dosis des Medikaments, das er in der Früh benötigt, um die Betäubung zu vertreiben, wieder auf diese Welt zu kommen, in der es zu funktionieren gilt.

36

Vom Leben ihrer Schwester bekommt Luna lange Zeit wenig mit. Sie lebt noch in München, als Lara 1978 einen Sohn zur Welt bringt und sich später von dessen Vater wieder trennt. Sie weiß, dass sie beruflich erfolgreich ist, sie hat sich mit einem Schreibbüro selbständig gemacht hat, um nicht täglich nach Wien pendeln zu müssen. Mit ihrem zweiten Ehemann hat sie sich ihren Traum vom Landleben verwirklicht – den ihre Münchner Schwester längst ausgeträumt hat. Als der Hausbesitzer ankündigt, ihnen in einem Jahr wegen Eigenbedarfs kündigen zu müssen, nehmen sie den nächsten Traum in Angriff: den Bau eines eigenen Hauses.

Laras Mann gefällt Luna überhaupt nicht, Lara ihrerseits kann nicht nachvollziehen, welche Männer ihre Schwester sich zu Partnern wählt. Und dann heiratet Luna auch noch einen Ukrainer in Moskau! Lara kennt bisher nur einen Ukrainer, Grischa, der ihre Mutter so viele Jahre gequält hat. Von ihrer eigenen Herkunft hat sie sich aber schon früher losgesagt, damals, als im Karl-Marx-Hof die Kinder sie als »Russenmenscher« beschimpf haben – für Lara ein Kampfruf, für Luna etwas Exotisches.

Während Lara durch ihr Landleben immer weniger Kontakt zu Nina hat, nähert Luna sich nach ihrem Umzug nach Wien allmählich ihrer Mutter wieder an. Beide müssen tastend erkunden, welche Beziehung zwischen ihnen überhaupt möglich ist. Wie verhalten sich zwei erwachsene Frauen, die wissen, dass sie Mutter und Tochter sind, diese Rollen aber so lange nicht miteinander gelebt haben?

Leichter wird es für beide, als Lunas Kinder geboren werden. Es ist beschlossen, dass ihre erste Sprache Russisch sein soll, da findet auch Luna sich wieder freudig in ihrer Muttersprache ein. Die enge Beziehung Ninas zu den Enkeln bringt die beiden Frauen einander näher. Unbezahlbar ist Ninas Hilfe bei der Betreuung, was es Luna ermöglicht, sich weiterzubilden und beruflich neu zu orientieren.

Wenn sich die Familie an Feiertagen bei Nina und ihrem berühmten Brathuhn oder zu einem Ausflug zusammenfindet, kann Luna Laras Gedanken nicht lesen. Mag sie es nicht, dass Russisch gesprochen wird? Fühlt sie sich von ihrem Platz verdrängt? Oder ist sie im Gegenteil froh, die Mutter versorgt und beschäftigt zu wissen?

37

Karls Kinder in München und Wien erreicht die Nachricht von seiner Entführung erst nach dreißig Stunden. In den frühen 1990er Jahren ist es bereits möglich, Telefonate zwischen Wien und Moskau direkt anzuwählen, ohne das Gespräch vorher bei einer Vermittlung anmelden und auf die Verbindung warten zu müssen. Karls täglicher Anruf bei seiner Münchner Familie bleibt an diesem Tag aus. Das ist noch nicht beunruhigend. Manchmal muss er für einen Vertragsabschluss in eine andere Stadt fliegen, nach Omsk oder nach Dnjepropetrowsk. Als sich aber auch am nächsten Morgen niemand meldet, entsteht Unruhe. Endlich ruft Ludmila, die vierte Ehefrau, seinen 23-jährigen Sohn Sascha in München an. »Euer Vater ist entführt worden. Das ist aber nur ein großes Missverständnis. Macht euch keine Sorgen, ich habe alles hier im Griff. Er wird bald wieder frei sein.«

Sascha versteht kein Wort, obwohl er in letzter Zeit Russisch gelernt hat, er soll einmal Vaters Geschäfte übernehmen. Noch einmal, und noch einmal fragt er nach. Und noch einmal.

»Entführt? Was für ein *fuck*, hör doch auf mit der Verarsche. Ihr habt euch wieder gestritten, stimmt's? Und du hast dir wieder eine deiner G'schichten ausgedacht? Entführung – geht's noch?«

»Ich sag doch, das ist eine Verwechslung, sie haben den Falschen erwischt, macht euch keine Sorgen. Ich ruf nur an, damit ihr wisst, warum er grad nicht erreichbar ist.«

Jetzt bekommt es Sascha mit der Angst zu tun.

»Wo ist er? Wer war das? Was wollen die?«

»Überlass das mir, ich regle das. Du kennst mich. Sag deinen Geschwistern Bescheid, niemand soll sich Sorgen machen.«

Anders als ihre Schwester und ihre Halbgeschwister hat Luna kein gutes Verhältnis zu ihrem Vater. Sie sieht ihn nur selten. Die Distanz tut beiden besser als die Nähe, die oft im Konflikt endet. Aber jetzt ist auch sie erschüttert. Es ist der dritte Tag ohne Lebenszeichen. Alle möglichen Phantasien drängen sich in ihren Kopf. Lebt er? Oder hat man seine Leiche schon in irgendeinem Wald verscharrt? Er braucht doch täglich seine Medikamente, er ist abhängig davon. Haben die Entführer an so etwas überhaupt gedacht, oder ist ihnen der Zustand ihres Opfers gleichgültig? Zuerst ist da eine starke Zuversicht: So schnell stirbt man nicht, schon gar nicht ein so zäher Knochen wie unser Vater. Gegen Abend wird dann auch die Stimmung dunkel, und Luna versucht, sich gegen die schlimmste Nachricht zu wappnen, die doch unweigerlich kommen wird. Oder? Die Ungewissheit ist nicht auszuhalten.

Die Geschwister sind sich ohne viele Worte einig. Alle legen zusammen, um zwei teure Flugtickets und Expressvisa zu kaufen. Ihre Doppelstaatsbürgerschaft erleichtert Luna und Lara die Ausstellung der Visa, ohne auch noch teure Hotelzimmer buchen zu müssen. Am nächsten Tag besteigen sie das Flugzeug nach Moskau. Sie haben keinen Plan, keine Idee, was sie dort überhaupt erreichen wollen oder können, aber untätig daheim herumzusitzen geht gar nicht.

Moskau also. Sie landen und rufen Ludmila an. Die lässt erst einmal eine Schimpftirade los, was diese dummen Kinder sich dabei gedacht haben, einfach so hierherzukommen. Sie hatte doch klar und deutlich zu verstehen gegeben, sie würde das allein regeln. Und jetzt präsentierten sie sich den Entführern praktisch auf dem Silbertablett. Ob ihnen nicht klar sei, dass die sich eine von ihnen schnappen könnten und damit ein noch größeres Druckmittel in der Hand hätten? Die Schwestern erschrecken, vielleicht hat sie recht, daran haben sie in ihrer Naivität und Sorge nicht gedacht.

Sie sollen sofort zu Karls Wohnung fahren. Sie tun wie befohlen und steigen in ein Taxi. Vor dem Haus erwartet Ludmila sie schon. Jetzt schreit sie nicht mehr, macht aber ein Gesicht, als würde sie sich vor ihnen ekeln. Stumm sperrt sie die Wohnungstür auf. Drinnen noch einmal ihr dringender Appell, unter keinen Umständen hinauszugehen. Sie würde später noch etwas zu essen vorbeibringen, und sie würde versuchen, gleich für den nächsten Tag Tickets für einen Rückflug zu bekommen.

»Ihr rührt euch nicht weg von hier!«

Auf all die Fragen von Luna und Lara bleibt sie die Antworten schuldig.

»Glaubt mir, es ist besser für euch und für alle, möglichst nichts zu wissen.«

Da sitzen sie jetzt also in Papas Wohnung in Moskau. Tatenlos. Die Nacht vergeht, und der Tag zieht sich quälend in die Länge. Ludmila ruft an, um zu sagen, dass sie erst für übermorgen einen Flug gekriegt hat, und dass sie sich ruhig verhalten sollen. Sie verbietet ihnen, das Telefon zu benutzen. Anschlüsse ausländischer Geschäftsleute werden grundsätzlich abgehört.

Wie es Papa wohl gerade geht? Ob er auch in irgendeiner Wohnung sitzt wie in einem Gefängnis? Oder in irgendeinem dreckigen Verschlag, wo er doch Schmutz nicht verträgt? Wenn er überhaupt noch am Leben ist ...

Am Nachmittag hält Luna es nicht mehr aus. »Ich muss raus, hier ersticke ich.«

Inzwischen vermutet sie in Ludmilas Warnung deren übliches übertriebenes Getue. Sie liebt Drama.

»Wer soll uns denn entführen? So ein Blödsinn. Die will uns nur aus dem Weg haben.«

Lara versucht sie aufzuhalten.

»Lass mich. In spätestens vier Stunden bin ich wieder da.«

Draußen holt sie tief Luft. Anfangs ist da noch eine Beklemmung. Ob sie wirklich jemand verfolgen könnte? Sie besteigt einen Bus zur nächsten Metrostation, und unten, inmitten der sich im Berufsverkehr drängenden Menschenmassen, kommt ihr der Gedanke an einen Verfolger vollkommen absurd vor. Am Roten Platz steigt sie aus und ist eine von tausend Touristinnen. Das Hotel, in dem sich die Büroräume von Vaters Handelsfirma befinden, ist ganz in der Nähe, und sie beschließt, einfach hinzugehen.

Ludmila öffnet, und als sie sieht, wer da vor ihr steht, wird sie blass. Grob packt sie Luna am Arm und schiebt sie in den Raum, wo der Xerox-Kopierer steht.

Durch eine offene Zimmertür kann sie Ludmilas Schwiegersohn Mark erkennen, er steht mit einigen fremden Männern zusammen.

»Bist du denn total verrückt?« Ludmilas Gesicht ist sehr rot angelaufen.

»Was sind das für Leute? Warum schauen die so grimmig? Helfen die dir bei der Suche? Ist die Miliz eigentlich informiert? Oder macht ihr das auf eigene Faust? Was habt ihr für einen Plan? Wenn du es mir nicht sagst, geh ich rein und frage Mark.«

Sie flüstert: »Diese Leute werden uns helfen, aber bei denen ist nie klar, wer auf welcher Seite steht. Man muss dieses Spiel kennen, man muss es mitspielen können. Du und Lara habt davon keine Ahnung, also haltet euch raus und bleibt möglichst weit weg davon. Der Auftraggeber sitzt in New York. Zuerst haben sie Geld verlangt, eineinhalb Millionen D-Mark. Wir verhandeln gerade. Wie es aussieht, begnügen sie sich jetzt mit zwei Mercedes-Luxusklasse, einen sofort, dann lassen sie Papa frei, den anderen später, auf Vertrauensbasis. Mark durfte ihn sehen, es geht ihm gut.«

Plötzlich zischt sie: »Und jetzt verschwinde. Geh, bevor einer von denen dich erkennt und auf dumme Gedanken kommt!«

»Aber dann sind die da drin ja beteiligt?«

»Hau ab!«

Als Lara die Wohnungstür aufsperrt, fallen die Schwestern einander in die Arme.

Luna spürt plötzlich ein sehr altes Gefühl aufsteigen. Es ist ganz ähnlich dem an jenem ersten Tag im Kinderheim. Bis dahin hatte die Sechsjährige ihre kleine Schwester gar nicht richtig wahrgenommen, und jetzt entdeckt sie zum zweiten Mal dieses verwandte Wesen neben sich. Eine, die von denselben Eltern stammt, mit der sie einige Jahre lang das gleiche Schicksal teilte, die ihr äußerlich so ähnelt und fast die gleiche Stimme hat. In diesem Moment regt sie sich wieder, diese Ahnung von Zusammengehörigkeit. Ihr Vater hatte die Schwestern damals auseinandergerissen, jetzt führt er sie – wenn auch auf eine verquere Art – wieder zusammen.

Luna und Lara hatten damals begonnen, eine Distanz zwischen sich zu spannen, eine Schutzvorrichtung gegen den Schmerz der Trennung.

Diese Distanz brauchen sie doch längst nicht mehr.

38

Als ihr Flugzeug am nächsten Tag in Wien landet, hat die Nachricht über Karls Freilassung die Schwestern bereits überholt. Die Hintergründe bleiben mysteriös. Wenn Karl mit seiner Frau streitet, beschuldigt er sie und deren Schwiegersohn, in die Sache verstrickt gewesen zu sein. Seine Kinder haben manchmal sogar den Verdacht, er selbst könnte Teil einer Inszenierung gewesen sein. Sie würden es nie erfahren.

Auch, wie das deutsche Bundeskriminalamt davon Kenntnis erhalten hat, bleibt ihnen ein Rätsel. Ein Beamter kommt jedenfalls nach seiner Rückkehr in München auf Karl zu, und er erklärt sich bereit, mit der Behörde zusammenzuarbeiten, die ihrerseits mit dem FBI in Kontakt steht, weil der Drahtzieher in den USA vermutet wird. Karl macht eine Aussage und stimmt dem Abhören seines Telefons zu. Es handele sich um ein regelrechtes Geschäftsmodell der russischen Mafia, weiß der BKA-Mann, die in der Person ihres Bosses mit dem Spitznamen »Japontschick« (Kleiner Japaner) agiere, von ausländischen Geschäftsleuten in Russland Schutzgeld erpresse oder sie entführe und Lösegeld fordere.

1995 gelingt es dem FBI, den Verbrecher aufzuspüren, zu verhaften und ihm wegen Erpressung den Prozess zu machen. Er sitzt fast zehn Jahre im Gefängnis und wird sofort nach Verbüßung der Strafe nach Russland abgeschoben. Obwohl er weiterhin schwere Straftaten begeht, kann er sich mit der Justiz arrangieren und lebt fünf Jahre lang unbehelligt in Moskau –

vielleicht begegnet er dort sogar Karl, der ihm den zweiten Mercedes schuldig geblieben ist.

Für einen Mafiaboss fast standesgemäß, trifft den Paten die Kugel eines Scharfschützen in den Bauch, als er gerade satt, leicht angetrunken und zu beiden Seiten von einer jungen Frau flankiert ein teures Restaurant im Zentrum Moskaus verlässt. Länger als zwei Monate wird sein qualvolles Sterben dauern. Die Unterwelt wird ihm ein bombastisches Begräbnis bereiten.

39

Eines Tages verkündet Eva voller Stolz: »Ich habe Walters Grab gekauft!«

Eva bezieht eine kleine Pension. Es fehlen ihr die Beitragsjahre, in denen sie des Landes verwiesen war, und infolge der in Haft erlittenen Verletzungen ist sie in Frührente. Die Bücher und das Material fürs Studium sind teuer, und die Krankenkassa zahlt nicht alle Medikamente, die sie braucht. Dennoch legt sie jeden Monat einen kleinen Betrag zurück. Sie möchte das Grab »auf Friedhofsdauer« kaufen, in dem seit 1945 ihr Ehemann Walter begraben ist und in dem auch sie eines Tages liegen wird. Ihre Angehörigen sollen später keine Ausgaben haben. Und falls ihr Sohn Slavko eines Tages doch noch aus dem fernen Sibirien nach Hause findet, soll er einst – wenn auch erst nach dem Tod – mit der Mutter vereint sein. Es ist das erste und einzige Stück Land, das Eva ihr Eigen nennen kann.

Der Neoliberalismus macht vor dem Tod nicht halt. Zuerst ist die Rede davon, dass der Evangelische Friedhof in bester städtischer Lage aufgelassen werden und dem U-Bahn-Bau und Bürohäusern weichen soll. Als dieses Vorhaben wieder vom Tisch ist, gründet sich der Friedhof neu, ohne dass es auch nur die kleinste bauliche Veränderung gegeben hätte. Nur ist man jetzt ein Unternehmen, und die bisherigen Strukturen und Bestimmungen sind passé. In Zukunft haben die »Nutzungsberechtigten« alle zehn Jahre einen Betrag, eine Art Pacht, zu entrichten. Aber das muss Eva nicht mehr erfahren.

Als Karl im Jahr 2000 stirbt, lässt ihn seine Witwe in Niederösterreich begraben, an einem Ort, der nicht mit öffentlichen Verkehrsmitteln erreichbar ist. Sie selbst, die nie Deutsch gelernt hat, verkauft sein Haus, sein Auto, seine Bilder und verlässt mit seiner Goldmünzen-Sammlung Österreich. Sie zieht zurück nach Russland.

Es ist verblüffend einfach. Luna betritt ein Geschäftslokal und gibt eine Bestellung auf. Niemand stellt Fragen oder verlangt Dokumente zu sehen, sie solle sich einfach aus einer Mustermappe Form und Größe der Schrift aussuchen, Lage und Nummer der Grabstelle ins Bestellformular eintragen und unterschreiben. Die Rechnung komme per Post, und nach Zahlungseingang würde der Auftrag innerhalb von drei Wochen ausgeführt. Man würde sie per SMS verständigen.

»Auch wenn die Person gar nicht im Grab liegt?«

»Auf einen Grabstein können Sie schreiben lassen, was Sie wollen.«

An einem freundlichen Frühlingstag treffen sich Karls erste Töchter am Eingang zum Matzleinsdorfer Friedhof. Ihre Großmutter und Mutter – ihrerseits erste Töchter – liegen hier begraben. Die Schwestern sind inzwischen in ihren Fünfzigern.

Als Nina von Karls Tod erfuhr, holte sie tief Atem: »Boshe ti moi. Jetzt darf ich auch«, und folgte ihm ein knappes Jahr darauf nach. Sie hat nie einen anderen Mann geliebt.

Eine Krähe setzt sich auf den Grabstein und verrichtet frech ihr Geschäft.

Luna und Lara lächeln sich an und lesen noch einmal die Inschrift:

EVA und WALTER

NINA und KARL

Dank

- An meine Schwester Larissa, die ich zur Romanfigur gemacht habe. Sie ist ganz anders!
- An all jene, die wissen, was wahr und was erfunden ist – und darüber schweigen.
- An Bettina Wörgötter – welch ein Glück, sie zur Lektorin zu haben.
- An die österreichischen Steuerzahler:innen für ihren Beitrag zur Kunstförderung.